POURQUOI PAS
EVANS ?

AGATHA CHRISTIE

POURQUOI PAS EVANS ?

(Why didn't they ask Evans?)

Adapté de l'anglais par Louis POSTIF

PARIS
LIBRAIRIE DES CHAMPS-ÉLYSÉES
17, RUE DE MARIGNAN

NOTE DE L'ÉDITEUR

Les volumes de la collection sont imprimés en très grande série.

Un incident technique peut se produire en cours de fabrication et il est possible qu'un livre souffre d'une imperfection qui a pu échapper aux services de contrôle.

Dans ce cas, il ne faut pas hésiter à nous le renvoyer. Il sera immédiatement échangé.

Les frais de port seront remboursés.

CHAPITRE PREMIER

L'ACCIDENT

Bobby Jones posa sa balle sur le terrain et, ramenant lentement sa crosse en arrière, l'abattit d'un coup sec et rapide.

La balle décrivit-elle une trajectoire parfaite, pour atterrir heureusement au quatorzième trou?... Non!... mal lancée, elle ricocha sur le sol et alla se perdre dans un buisson.

L'unique témoin de ce coup maladroit, le docteur Thomas, ne manifesta aucune surprise. C'était explicable : le joueur n'était pas un champion illustre, mais le quatrième fils du pasteur de Marchbolt, petite station balnéaire située sur la côte du pays de Galles.

Bobby étouffa un juron.

C'était un charmant garçon de vingt-huit ans. On n'aurait pu dire qu'il était beau, mais il avait le visage sympathique et de bons yeux marron de chien fidèle.

— Je joue de plus en plus mal! murmura-t-il, dégoûté de lui-même.

— Vous jouez trop vite, observa son compagnon,

homme d'âge mûr, aux cheveux gris, au visage rose et aimable.

Ils prirent un nouveau départ.

Le docteur Thomas joua le premier : il donna un bon coup, droit, mais pas très fort.

Bobby posa sa balle, balança longuement sa crosse, la rejeta brusquement en arrière, ferma les yeux, leva la tête, abaissa l'épaule droite, en un mot fit tout le contraire de ce qu'il convenait de faire, et la balle, frappée avec une force terrible, s'enfuit à angle droit.

— Si vous aviez lancé ce coup correctement... bigre! fit le docteur Thomas.

— Si... répéta Bobby, dépité. Tiens! Il me semble avoir entendu un cri! J'espère que la balle n'a pas blessé quelqu'un.

Il scruta des yeux la droite du terrain. Le soleil, à son déclin, projetait une lumière oblique. Un léger brouillard montait de la mer. Le bord de la falaise se dressait à quelques centaines de mètres plus loin.

— Le sentier longe la falaise, dit Bobby, mais la balle n'a pu rouler jusque-là. Cependant, je crois bien qu'on a crié...

Le médecin n'avait rien entendu.

Bobby courut à la recherche de sa balle. Il la découvrit enfin au milieu d'une touffe d'ajoncs.

La partie continua. Le dix-septième trou, cauchemar de Bobby, n'offrait pas une grande distance à parcourir ; toutefois, il fallait passer au-dessus d'un précipice et chaque fois l'attraction des profondeurs s'avérait irrésistible.

Bobby respira fortement et frappa sa balle qui, après quelques ricochets, disparut dans le vide.

— Chaque fois cela m'arrive! C'est stupide! grogna le jeune homme.

Il suivit le bord du rocher et fouilla du regard le pied de la falaise où l'eau scintillait.

Soudain Bobby se redressa et appela son partenaire.

— Hé! docteur! Regardez donc là.

A une dizaine de mètres au-dessous d'eux ils distinguèrent une masse sombre, rappelant un paquet de vieux vêtements.

— Quelqu'un est tombé du haut de la falaise, dit le docteur Thomas. Vite, allons à son secours!

Les deux hommes descendirent péniblement le rocher, Bobby, plus jeune, vigoureux et sportif, aidant le médecin. Ils atteignirent enfin le sinistre paquet. C'était un homme d'environ quarante ans, qui respirait encore, mais qui avait perdu connaissance.

Le médecin s'agenouilla près de l'inconnu et l'examina. Puis il releva les yeux vers Bobby.

— Le pauvre type n'en a plus pour longtemps. Il a l'épine dorsale brisée. Sans doute ne connaissait-il pas bien le sentier et quand le brouillard monta il a passé par-dessus le bord. Maintes fois j'ai demandé au Conseil municipal d'installer un garde-fou ici.

Il se releva.

— Je vais chercher du secours. Il faut remonter le corps. Voulez-vous rester ici?

Bob acquiesça et demanda :

— Que pourrais-je faire pour le soulager?

— Rien. Ses minutes sont comptées... le pouls s'affaiblit très vite. Il est possible, mais peu probable, qu'il reprenne connaissance avant la fin. Toutefois...

— Mais si pourtant il revient à lui, y a-t-il quelques soins?

— Inutile. Il ne souffrira point...

Le docteur Thomas grimpa la falaise. Bobby le suivit des yeux jusqu'à ce qu'il eût disparu au sommet...

Bobby s'assit sur une saillie du rocher pour fumer une cigarette. Cet accident l'impressionnait ; jusque-là, il n'était pas encore entré en contact avec la mort.

Quelle sinistre aventure! Un peu de brouillard par une belle soirée, un faux pas... et crac! la fin de tout! Et un gaillard bien bâti... solide! La pâleur annonciatrice de la mort atténuait à peine le hâle de sa peau. Cet homme avait certainement vécu en plein air... peut-être en pays lointains. Bobby l'examina de plus près : des cheveux bruns ondulés, teintés de gris aux tempes, un nez fort, une mâchoire énergique, une forte carrure et des mains fines et nerveuses. Les jambes lui parurent repliées à un angle bizarre... sans doute était-ce l'effet de la chute...

Comme il arrivait à ce point de ses réflexions, le moribond ouvrit les yeux.

Ils étaient d'un bleu foncé et regardaient fixement Bobby. Rien de vague ni d'hésitant dans ce regard, qui semblait à la fois attentif et interrogateur.

Vivement, Bobby se leva et s'approcha. Avant qu'il fût près de lui, le malheureux s'exprima d'une voix claire et forte :

— *Et pourquoi pas Evans?*

Puis il frissonna de tous ses membres, ses paupières s'abaissèrent, la mâchoire s'affaissa...

L'inconnu avait cessé de vivre.

CHAPITRE II

RÉFLEXIONS SUR LES PÈRES

Bobby s'agenouilla auprès de lui, mais il ne conservait aucun doute : l'homme venait de passer dans l'autre monde. Un dernier moment de lucidité, cette ultime phrase et puis... la fin...

En s'excusant lui-même de cette hardiesse, Bobby fourra la main dans la poche du mort et en retira un mouchoir de soie qu'il étendit respectueusement sur le visage à présent figé.

Soudain, il remarqua qu'en prenant le mouchoir il avait fait sauter quelque chose de la poche : une photographie. En la ramassant il y jeta un coup d'œil.

C'était le portrait d'une jeune femme d'une remarquable beauté. « Ce visage-là, pensa Bobby, est de ceux que l'on n'oublie point », et il remit la photographie dans la poche d'où elle s'était échappée, puis reprit son attente.

Les minutes s'écoulaient très lentement... Le jeune homme perdait patience. Il venait de se rappeler qu'il avait promis à son père de tenir l'orgue à l'église, au service du soir qui commençait à six heures... et il était six heures moins dix! Bob regrettait de n'avoir point fait prévenir son père par le médecin.

Le révérend Thomas Jones était de tempérament extrêmement bilieux. Il se tracassait, à s'en rendre malade, pour la moindre vétille.

« Le pauvre papa va encore s'affoler, songea Bobby. L'idée ne lui viendra même pas que si je ne tiens point ma promesse, c'est qu'une raison majeure m'en empêche. Pauvre vieux papa, il a moins de raison qu'un nourrisson au berceau! »

Avec un mélange de tendresse filiale et d'exaspération, Bob constatait que son existence au sein de la famille n'était qu'un long sacrifice aux idées étroites de son père. Et Mr Jones senior jugeait son quatrième fils comme un étourneau. Les opinions diffèrent souvent sur le même sujet.

Bobby se mit debout et frappa rageusement du pied. A ce moment il entendit du bruit au-dessus de lui. Il leva les yeux, heureux de penser que les secours arrivaient et qu'on n'aurait plus besoin de ses services.

Ce n'était point le médecin, mais un individu en culotte de golf, et que Bobby ne connaissait pas.

— Que se passe-t-il? demanda le nouveau venu Y a-t-il un accident?

Bobby ne voyait l'homme qu'indistinctement en raison du crépuscule, mais il apercevait une haute stature et entendait une agréable voix de ténor.

Bobby expliqua les faits, dit qu'il attendait du secours et s'enquit si l'autre ne voyait rien venir.

— Non, rien.

— C'est fâcheux! déclara Bobby. Je suis attendu à six heures.

— Et vous ne voulez pas quitter...

— Non, je m'en voudrais d'abandonner ce pauvre diable. Il est mort, on ne peut plus rien pour lui, mais tout de même...

— Ne vous tourmentez pas. Je vais descendre et resterai le garder jusqu'à l'arrivée des secours.

— Vous voulez bien ? s'écria Bobby, reconnaissant. Vous comprenez, il s'agit de mon père, il se tracasse pour rien. Voyez-vous le sentier ? Un peu plus à gauche, maintenant à droite.

L'homme arriva enfin sur l'étroite plate-forme. Il devait avoir trente-cinq ans et son visage glabre était régulier.

— Je suis étranger dans cette région, expliqua-t-il. Je me nomme Bassington-ffrench. Je suis venu dans ces parages pour chercher une maison à louer. Quel horrible accident ! Est-il tombé de là-haut en se promenant ?

— Oui. Le brouillard montait et c'est un endroit dangereux. Je me sauve à présent. Au revoir et merci bien.

— C'est tout naturel, protesta l'autre. On ne peut laisser ce malheureux seul...

Bobby remonta le sentier abrupt, puis courut à toutes jambes jusqu'au presbytère. Pour gagner du temps, il sauta par-dessus le mur du cimetière au lieu de faire le tour jusqu'à la grille. Par la fenêtre de la sacristie, le pasteur fut témoin de cet acte cavalier et en fut indigné.

Il était six heures cinq, mais la cloche tintait toujours.

Explications et récriminations remises à plus tard, le service commença. Bobby tomba sur son siège et manipula les registres de l'antique harmonium. Une association d'idées détermina son choix et ses doigts jouèrent la *Marche funèbre* de Chopin.

Ensuite, le pasteur rappela son fils à ses devoirs.

— Mon cher Bobby, si tu n'es pas capable de mener une chose à bien, mieux vaut t'en abstenir.

Tu t'es offert de ton plein gré à tenir l'harmonium. Je ne t'y ai point obligé... et si tu préfères t'amuser.

— Excuse-moi, papa, dit Bobby du ton enjoué qu'il conservait quel que fût le sujet de la conversation. Cette fois, ce n'était pas de ma faute. Je gardais un cadavre.

— Tu gardais quoi?

— Je montais la garde auprès d'un type qui est tombé du haut de la falaise. Tu sais, à l'endroit du précipice...

— Mon Dieu! Quelle mort tragique! L'homme a-t-il été tué sur le coup?

— Non. Il mourut peu après le départ du docteur Thomas, qui allait chercher du secours. Il fallait bien que quelqu'un restât là. Heureusement, un promeneur a bien voulu me relayer dans ma faction mortuaire...

Le pasteur poussa un soupir.

— Mon cher Bobby, ton attitude m'afflige plus que je ne saurais le dire. Tu viens de te trouver face à face avec la mort et tu restes impassible! tu plaisantes presque... Pour vous autres, jeunes gens, plus rien n'est sacré!

Bobby excédé coupa court.

— Excuse-moi, papa, dit-il, trouvant impossible d'expliquer utilement que c'était son émotion même qu'il voulait dissimuler en prenant ce ton léger.

Ils se dirigèrent vers la maison.

Le pasteur pensait : « Je me demande quand Bobby sera sérieux et trouvera enfin une situation?... »

Bobby pensait : « Je me demande combien de temps encore pourrai-je supporter l'existence que je mène ici? »

A part cela, le père et le fils éprouvaient l'un pour l'autre une solide affection.

CHAPITRE III

VOYAGE EN CHEMIN DE FER

Bobby ne vit pas la suite immédiate de cette aventure. Le lendemain matin il se rendit à Londres pour y rencontrer un ami qui montait un garage et comptait sur sa collaboration.

Ayant tout réglé à la satisfaction de chacun, deux jours après, Bobby prit le train de onze heures trente pour retourner chez lui. Il arriva en retard à la gare de Paddington, s'élança dans le passage souterrain et déboucha sur le quai nº 3 à l'instant précis où le convoi s'ébranlait. Sans écouter les protestations des contrôleurs, il se précipita sur la première voiture venue.

Ouvrant la portière d'une poigne vigoureuse, il se précipita en avant et tomba sur les mains et les genoux. La portière fut fermée par un employé agile. Bobby se ramassa et se trouva debout devant l'unique occupante du compartiment de première classe.

C'était une jeune fille brune et svelte qui fumait une cigarette. Elle portait une jupe rouge, une jaquette verte et un bonnet d'un bleu vif ; malgré cette vêture voyante, elle avait un indéniable cachet d'élégance, et son visage, bien qu'irrégulier, était d'un grand charme.

— Tiens! c'est Frankie! s'écria Bobby. Voilà un siècle qu'on ne s'est rencontré!

— Bonjour, dit la jeune fille. Venez donc vous asseoir en face de moi.

Bobby esquissa une grimace.

— Mon billet n'a pas la couleur voulue.

— Peu importe, ça s'arrangera.

— Je paierai le surplus.

Au même instant un énorme bonhomme en tenue bleue apparut à la porte du couloir.

— Laissez-moi faire, conseilla Frankie.

Elle adressa un gracieux sourire au contrôleur qui porta la main à son képi et poinçonna le billet qu'elle lui tendait.

— Mr Jones vient d'entrer dans mon compartiment pour me dire un mot. Vous n'y voyez aucun inconvénient, n'est-ce pas?

— C'est parfait, Votre Seigneurie. Monsieur ne restera pas longtemps, j'espère. Il toussa avec tact, et ajouta : je ne repasserai pas avant la gare de Bristol.

— Ce qu'une jolie femme peut obtenir avec un sourire!... observa Bobby, lorsque l'employé se fut retiré.

Lady Frances Derwent hocha la tête pensivement.

— Je doute que ce soit l'effet du sourire. J'attribue plutôt mon succès à la générosité habituelle de mon père envers les employés.

— Je croyais que vous aviez quitté le pays de Galles pour de bon, Frankie.

Elle soupira.

— Ah! mon cher, vous savez à quel point les parents sont vieux jeu! On s'ennuie mortellement à la campagne... mais que faire?... Toutefois, après la soirée que je viens de passer à Londres, je me demande si je ne préfère pas encore la campagne ?...

— Qu'est-ce qui vous a tant déplu dans cette soirée ?

— Oh! rien de spécial. C'était une soirée comme les autres. Rendez-vous au Savoy à huit heures et demie. Nous étions toute une bande. Nous avons dîné, puis nous nous sommes rendus à la *Marionnette*... c'était monotone à mourir. Nous sommes allés au *Bullring*... encore plus triste! Ensuite nous nous sommes arrêtés devant un marchand de café ambulant, puis avons mangé une friture. Nous sommes rentrés chez nous légèrement abrutis. Vraiment, Bobby cette vie-là n'est pas du tout amusante.

— Je partage tout à fait votre avis.

Pourtant, jamais, même aux heures de ses plus folles extravagances, il n'avait vu la possibilité d'entrer dans des boîtes de nuit à la mode comme la *Marionnette* ou le *Bullring*.

Les relations entre Frankie et Bobby étaient d'une nature assez particulière.

Autrefois, Bobby et ses frères avaient joué avec les enfants du château. A présent, tous avaient grandi et ne se rencontraient plus que rarement. En ces occasions, ils s'appelaient encore par leurs petits noms et, lorsque la jeune Frankie se trouvait chez son père, Bobby et ses frères allaient au château jouer au tennis, pour lequel il manquait toujours des partenaires masculins.

Une ombre de gêne flottait dans les rapports entre les jeunes gens. Les Derwent se montraient peut-être un peu plus familiers qu'il ne seyait de l'être, comme pour signifier qu'il n'existait entre eux aucune différence. Les Jones, de leur côté, affectaient une certaine raideur, pour bien marquer qu'ils ne sollicitaient rien.

Cependant Bobby aimait beaucoup Frankie et se réjouissait quand le hasard les mettait en présence.

— Je suis lasse de tout, déclara Frankie d'une voix dolente. Et vous, Bobby ?

— Moi ? Non... du moins, je ne le crois pas.

— Vous avez de la chance.

— Oh ! je ne veux pas dire que je suis d'une gaieté folle.

Leurs regards se croisèrent avec sympathie.

— A propos, qu'est-ce que cette histoire d'un homme tombé du haut de la falaise ?

— Le docteur Thomas et moi l'avons découvert. Comment l'avez-vous appris ?

— J'ai lu cette nouvelle dans les journaux. Tenez ! Du doigt, elle indiqua un entrefilet : *Chute mortelle dans le brouillard.*

La victime du drame de Marchbolt a été identifiée dans la soirée d'hier, grâce à une photographie trouvée dans sa poche. Cette photo est celle de Mrs Léo Cayman. Celle-ci appelée aussitôt à Marchbolt reconnut son frère, Mr Alex Pritchard, en la personne du défunt. Mr Pritchard, arrivé tout récemment du Siam, avait passé dix ans loin des siens. Le tribunal d'enquête tiendra séance demain à Marchbolt.

Les pensées de Bobby s'envolèrent vers le visage fascinant de la photographie.

— Sans doute serai-je appelé comme témoin à l'audience.

— Oh ! ce sera passionnant. Je viendrai vous écouter.

— Je n'aurai rien de bien intéressant à raconter. Nous avons simplement découvert cet homme.

— Était-il déjà mort ?

— Non. Il a succombé un quart d'heure plus tard, alors que j'étais seul avec lui.

Il fit une pause.

— C'est affreux, dit Frankie, saisissant immédiatement ce qui avait échappé au père de Bobby.

— Oui... un robuste gaillard... plein de vie... un pas au bord de la falaise et patatras! dans le brouillard...

— Avez-vous vu la sœur?

— Non. Je viens de passer deux jours à Londres. J'y suis allé voir un ami avec qui je vais monter un garage. Vous le connaissez : Badger Beadon?

— Je ne me souviens pas de lui... Ah! oui!... Je sais de qui vous parlez à présent. Il bégayait.

— Il bégaie toujours, affirma Bobby, tout fier.

— N'est-ce pas lui qui s'occupait d'élevage et puis qui partit pour l'Australie, d'où il ne tarda pas à revenir?

— Exactement!... Et il a fait faillite.

— Bobby, j'espère que vous n'engagez pas votre argent dans cette affaire de garage?

— Comme je n'ai pas d'argent, je ne puis rien risquer. Badger, comme de juste, aurait préféré un associé qui apportât des capitaux, mais ce n'est pas facile à trouver.

— Les gens ne sont pas tous idiots.

— Écoutez, Frankie, Badger est un type très honnête...

— Oh! sûrement... Où a-t-il trouvé l'argent pour monter cette affaire?

— Il a hérité d'une de ses tantes un garage pour six voitures, avec un appartement au-dessus du garage, et ses parents lui ont donné cent livres pour acheter des voitures d'occasion...

— Pourquoi avez-vous quitté la Marine? On ne vous a pas congédié?

Bobby rougit.

— J'ai dû partir à cause de mes yeux.

— Vous avez toujours souffert de la vue, n'est-ce pas?

— J'avais tout de même réussi à passer la visite... mais je n'ai pu supporter le soleil des colonies... Pourtant, les spécialistes m'assurent que mes yeux ne deviendront pas plus mauvais. J'aurais très bien pu continuer...

— En effet, vos yeux paraissent très sains, déclara Frankie plongeant son regard dans les yeux marron de l'honnête Bobby.

Un employé parut à la porte du couloir et annonça :

— Premier service !

— Eh bien! vous venez? dit Frankie.

Ils se rendirent au wagon-restaurant.

Bobby opéra une retraite stratégique au moment où le contrôleur devait reparaître.

Vers cinq heures, le train s'arrêta dans la gare de Sileham, qui desservait le village de Marchbolt.

— La voiture vient à ma rencontre, annonça Frankie. Je vous emmène.

— Merci. Cela m'évitera la peine de porter cette maudite valise pendant trois kilomètres.

— Dites plutôt cinq kilomètres.

— Non, trois en prenant le sentier du golf.

— Celui que...

— Oui, celui que suivait l'homme qui est tombé.

— Croyez-vous qu'on l'ait poussé?

— Le pousser? Grand Dieu, non! Pourquoi?

— Ma foi, cela corserait un peu l'affaire, répondit Frankie d'un ton insouciant.

CHAPITRE IV

LE TRIBUNAL D'ENQUÊTE

Le tribunal se réunit le lendemain pour délibérer sur la mort d'Alex Pritchard. Le docteur Thomas était cité comme témoin.

— La vie n'était pas entièrement éteinte? lui demanda le médecin légiste.

— Non, l'homme respirait encore. Toutefois, il ne restait aucun espoir. Le...

Ici, le docteur Thomas s'exprima en des termes extrêmement techniques. Le coroner s'adressa au jury:

— En langage ordinaire, messieurs, cela signifie que la victime avait la colonne vertébrale brisée.

— Oui, si vous préférez l'exprimer de cette façon, concéda le docteur Thomas.

— Selon vous, docteur Thomas, comment s'est produit l'accident?

— Faute de tout renseignement sur l'état d'esprit du malheureux au moment de sa chute, tout porte à croire qu'il est tombé par accident du haut de la falaise. Un brouillard montait de la mer et le sentier fait un coude brusque; l'homme a pu ne pas s'en rendre compte.

— Vous n'avez constaté aucune trace de violence de nature à révéler une lutte?

— Les blessures que j'ai relevées sur le cadavre s'expliqueraient par le choc du corps contre le rocher après une chute de quinze à vingt mètres.

— Reste la question du suicide.

— Oui, c'est toujours possible.

Robert Jones, Bobby pour ses intimes, se présenta ensuite à la barre des témoins.

Il déclara comment, jouant au golf, il avait envoyé sa balle du côté de la mer. Il lui sembla entendre un cri et d'abord il se demanda si sa balle n'avait pas frappé un promeneur. Toutefois, il ne pensait pas qu'elle eût pu rouler jusqu'au sentier.

— Avez-vous retrouvé votre balle?

— Oui, à cent mètres en avant du sentier.

Il allait poursuivre son récit, mais le coroner l'interrompit, sa déposition devant faire double emploi avec celle du docteur Tomas. Cependant, il insista sur le cri que Bobby avait entendu, ou cru entendre, et demanda :

— Était-ce un appel au secours?

— Non, un simple cri.

— Comme un cri de surprise?

— Oui, c'est cela même.

Lorsque Bobby eut déclaré que l'homme passa de vie à trépas cinq minutes environ après le départ du médecin, il quitta la barre.

On appela Mrs Léo Cayman.

Bobby éprouva une vive déception. Où était le joli visage de la photographie provenant de la poche du mort? Les photographes, se dit Bobby, sont les pires menteurs de la terre. Supposé même que le portrait eût été pris plusieurs années auparavant, il était difficile de croire que la séduisante femme aux grands yeux fût cette même matrone à l'air insolent, au maquillage outré et à la chevelure teinte. Le temps, songea Bobby, est un cruel destructeur. Il frémit en pensant à ce que pourrait devenir Frankie dans vingt ans.

Cependant, Amélia Cayman, 17, St Leonard's Gardens, Paddington, Londres, poursuivait sa déposition.

Le défunt, Alexandre Pritchard, était son unique frère. Elle l'avait vu pour la dernière fois la veille du tragique accident. Il revenait d'Extrême-Orient et avait exprimé son intention de parcourir le pays de Galles à pied. Paraissait-il être dans son état normal?

— Paraissait-il être dans son état normal?

— Tout à fait. Il se réjouissait à l'idée de ces excursions.

— Avait-il des embarras d'argent, des ennuis?

— Je ne saurais rien affirmer à ce sujet. Il débarquait en Angleterre. Je ne l'avais pas vu depuis plus de dix ans, et il n'a jamais aimé beaucoup écrire. Il m'a emmenée plusieurs fois dîner et au théâtre, il m'a offert des présents, aussi je ne suppose pas qu'il était à court d'argent; de plus, il se montrait si enjoué qu'il n'aurait pu être en proie aux soucis d'aucune sorte.

— Quelle profession exerçait votre frère, madame Cayman?

L'interpellée parut légèrement embarrassée.

— Je ne sais pas au juste. Il parlait d'explorations.

— Ne voyez-vous aucune raison qui l'aurait conduit au suicide?

— Ma foi, non! Et je ne crois pas au suicide. A mon avis, il s'agit d'un accident.

— Comment expliquez-vous que votre frère ne portait aucun bagage... pas même un havresac?

— Il n'aimait pas à se charger. Il nous a dit qu'il expédierait des colis aux endroits où il comptait s'arrêter. Il en mit un à la poste la veille de son départ avec son linge de nuit et une paire de chaussettes, mais il a mal rédigé l'adresse et le colis n'est arrivé qu'aujourd'hui.

— Ah! voilà qui éclaire un point assez mystérieux.

Mrs Cayman raconta ensuite comment, grâce au photographe dont le nom figurait sur la photo trouvée sur son frère, la police s'était mise en contact avec elle. Aussitôt elle était accourue à Marchbolt en compagnie de son mari et avait identifié le cadavre d'Alexandre.

En prononçant ce nom, elle renifla très fort et se mit à sangloter.

Le coroner lui adressa quelques mots de consolation et la pria de regagner sa place.

Se tournant vers les jurés, il leur demanda de se prononcer sur la façon dont Alexandre Pritchard était mort.

La question s'avérait très simple. Rien ne portait à croire que Mr Pritchard eût été en butte aux soucis ni aux idées sombres qui eussent pu le conduire au suicide. L'accident semblait certain et imputable au brouillard qui, par moments, rendait le sentier de la falaise terriblement dangereux.

La conclusion du jury ne se fit pas attendre.

« Nous déduisons que le défunt a trouvé une mort accidentelle et ajoutons qu'il est souhaitable que le Conseil municipal prenne sans retard les mesures nécessaires pour faire placer une balustrade au bord du sentier de la falaise, à l'endroit du précipice. »

Le coroner approuva de la tête.

La séance était levée.

CHAPITRE V

Mr ET Mrs CAYMAN

A son retour au presbytère, une demi-heure plus tard, Bobby constata qu'il n'en était pas tout à fait quitte avec le décès d'Alex Pritchard. On lui annonça que Mr et Mrs Cayman l'attendaient dans le cabinet de travail de son père. Bobby s'y rendit et trouva le pasteur qui leur tenait conversation, sans grand enthousiasme.

— Ah! soupira le révérend Thomas avec soulagement, voici enfin Bobby.

Mr Cayman se leva et s'avança vers le jeune homme, la main tendue. C'était un individu de forte carrure, aux manières cordiales, que démentait son regard froid et fuyant. Quant à Mrs Cayman, Bobby l'avait déjà vue à l'audience.

— J'ai accompagné ma femme, expliqua Mr Cayman. Ma présence l'a réconfortée en cette circonstance pénible. Amélia s'émeut si vite!

Mrs Cayman renifla doucement.

— Nous sommes venus ici pour vous voir, continua le mari. Le frère de ma pauvre femme est mort pour ainsi dire entre vos bras. Amélia voudrait vous entendre raconter ses derniers instants.

— Certes, approuva Bobby, ennuyé, rien de plus naturel.

— Pauvre Alex! Pauvre, pauvre Alex! gémissait Mrs Cayman en se tamponnant les yeux.

— Oui! c'est affreux! déclara Bobby, se tortillant nerveusement sur sa chaise.

— Je vous en prie, monsieur, dites-moi si mon frère a prononcé quelques paroles avant d'expirer, s'il nous a laissé un dernier message. Je voudrais tant le savoir!

— Je vous comprends, madame, mais il n'a rien dit.

— Cela vaut mieux, déclara Mr Cayman d'un ton solennel. Il a passé de vie à trépas sans reprendre ses esprits, sans souffrances...

— Vous êtes certain, monsieur, qu'il n'a pas souffert? demanda plaintivement Mrs Caymann.

— Oh! cela, je puis vous l'affirmer.

— Cette certitude m'est une consolation. Pauvre Alex! mourir ainsi en pleine force! Il aimait tant la vie au grand air!...

— Oui, n'est-ce pas?

Il se rappelait le visage bronzé et les yeux bleus du défunt. Un type très sympathique, ce pauvre Alex Pritchard. Dire que cet homme était le frère de Mrs Cayman et le beau-frère de Mr Cayman! Vrai, il méritait mieux que cela!

— Nous vous remercions infiniment, monsieur Jones, dit Mrs Cayman.

— Oh! il n'y a pas de quoi, murmura Bobby.

— Nous n'oublierons pas ce service, ajouta Mr Cayman.

Mrs Cayman tendit une main molle à Bobby. Les visiteurs firent leurs adieux à Mr Jones père; puis Bobby les reconduisit à la porte d'entrée.

— Et... Que faites-vous, jeune homme? demanda Cayman. Vous êtes sans doute en vacances?

— Je passe le plus clair de mon temps à chercher du travail, répondit Bobby. Après une pause, il ajouta : j'étais dans la marine.

— Les temps sont durs, observa Mr Cayman en hochant la tête. Eh bien! je vous souhaite bonne chance.

— Merci, monsieur.

Il les regarda s'éloigner dans l'allée envahie par les mauvaises herbes, et resta immobile. Des idées chaotiques traversaient son cerveau : la photographie... ce portrait de jeune fille aux grands yeux, au visage auréolé de fins cheveux... et une quinzaine d'années plus tard, Mrs Cayman, avec son maquillage outrancier, ses cheveux enfouis dans des bourrelets de chair, sa chevelure teinte... Quelle misère! Ce désastre provenait sans doute de ce qu'elle avait épousé ce Cayman. Auprès d'un autre homme, elle eût peut-être vieilli en conservant sa grâce...

Bobby soupira :

— Et voilà le mauvais côté du mariage!

— Que dites-vous?

Bobby sortit brusquement de sa méditation et aperçut Frankie, qu'il n'avait pas vue monter l'allée.

— Bonjour.

— Bonjour, Bobby. De quel mariage parliez-vous?

— J'émettais une réflexion d'ordre général sur les effets catastrophiques du mariage.

— Et qui est la victime de cette catastrophe?

Bobby lui fournit l'explication, mais Frankie se montra incrédule.

— C'est idiot! Cette femme ressemble exactement à sa photo.

— Quand l'avez-vous vue? Étiez-vous au tribunal?

— Bien sûr! Il n'y a pas tant de distractions dans ce fichu patelin! Évidemment, la séance eût présenté

plus d'intérêt s'il s'était agi d'un mystérieux empoisonnement, mais il ne faut pas se montrer trop exi-
geant. Je comptais jusqu'au bout que cet accident se
transformerait en affaire criminelle...

— Frankie, vous avez des instincts sanguinaires.

— Mon cher, vous parlez comme un professeur de
morale.

— Quoi qu'il en soit, je ne partage pas votre avis
en ce qui concerne Mrs Cayman. Sa photo était magnifique.

— Oh! simplement retouchée.

— Eh bien! elle était retouchée au point qu'il était
impossible d'assurer qu'il s'agissait de la même personne.

— Allons donc!

— Je vous assure. Où avez-vous vu la photo en
question?

— Dans l'*Écho du Soir*.

— Sans doute était-elle mal reproduite.

— On dirait que vous en pincez pour Mrs Cayman,
cette horreur fardée et peinturlurée! s'exclama Frankie, furieuse... vous êtes ridicule!...

Il y eut une pause. Puis la mauvaise humeur de
Frankie s'effaça.

— Le ridicule, c'est plutôt de se quereller, à propos
de cette affreuse bonne femme. Je vous propose une
partie de golf. Cela vous va-t-il?

— A merveille!

Ils s'éloignèrent et avaient complètement oublié le
drame récent, quand, au moment de lancer la balle
vers le onzième trou, Bobby poussa une exclamation.

— Qu'y a-t-il?

— Je viens de me rappeler quelque chose.

— Quoi donc?

— Je vous ai dit que ces gens... les Cayman...

étaient venus me demander si leur frère n'avait prononcé aucune parole avant de mourir... et je leur ai répondu négativement.

— Et alors?

— A présent, je me souviens qu'il a parlé.

— Qu'a-t-il dit?

— Ceci : *Et pourquoi pas Evans?*

— Quelle drôle de phrase! N'a-t-il rien ajouté?

— Non. Il a ouvert les yeux au moment de prononcer ces mots, puis il est mort, le malheureux!

— Ma foi, dit Frankie, je ne vois pas pourquoi vous vous tracasseriez pour si peu : ces paroles n'offrent aucun intérêt.

— Bien sûr que non. Toutefois, ma conscience serait plus tranquille si je les avais répétées aux Cayman. Comprenez-vous : je leur ai affirmé qu'il était mort sans dire un mot.

— Ce qui revient au même, déclara Frankie. En d'autres termes, ç'eût été différent si le moribond avait dit : « Dites à Gladys qu'elle est ma sœur chérie... » — ou « Mon testament se trouve dans le secrétaire en noyer », ou quelque chose de ce genre.

— Ne croyez-vous pas que je devrais leur écrire à ce sujet?

— Je n'en vois pas la nécessité.

— Vous avez sans doute raison, approuva Bobby, et il ramena toute son attention vers le jeu.

Mais son esprit demeurait absorbé. Ces paroles du mourant ne signifiaient peut-être rien d'important. Néanmoins sa conscience ne cessait de lui adresser des reproches. Il devait reconnaître que sa déclaration à la sœur du défunt, assurant qu'Alex Pritchard n'avait rien dit en mourant, était fausse. Il ne parvenait pas à chasser cette pensée de son esprit.

Ce soir-là, guidé par une subite impulsion, il s'assit

devant sa table de travail et écrivit ce qui suit à
Mr Cayman :

« Cher monsieur Cayman,

« Je viens de me rappeler que votre beau-frère a
prononcé quelques mots avant de succomber. Voici, je
crois, ces paroles : « Et pourquoi pas Evans ? » Excusez-
moi de ne vous en avoir point parlé ce matin, mais je
n'ai attaché sur le moment aucune importance à cette
phrase et voilà sans doute pourquoi elle ne m'est pas
revenue à la mémoire.

« Sincèrement vôtre,

« Robert JONES. »

Le lendemain, il reçut la réponse de Mr Cayman.

« Cher monsieur Jones,

« Je vous accuse réception de votre lettre du 6 courant, et vous remercie de m'avoir répété, si scrupuleu-
sement, malgré leur banalité, les dernières paroles
de mon beau-frère. Ma femme espérait plutôt
qu'Alexandre aurait laissé pour elle un dernier
message. Néanmoins, nous vous adressons nos sentiments de vive gratitude.

« Votre tout dévoué,

« Léo CAYMAN. »

Bobby estima cette lettre assez ironique, ce qui le
vexa.

CHAPITRE VI

LA FIN D'UNE PROMENADE

Le lendemain, Bobby reçut une lettre d'une nature toute différente.

« Mon vieux, tout s'arrange (écrivait Badger dans un style peu fait pour rehausser le crédit du collège où il avait reçu une instruction fort coûteuse). Hier, j'ai acheté cinq bagnoles, le tout pour quinze livres. Actuellement, elles ne marchent guère, mais nous pourrons les mettre suffisamment en état. Que diable! Une auto est une auto! Tant que le client rentre chez lui sans accroc, il n'a pas le droit de réclamer. Je pense ouvrir le garage lundi en huit et je compte sur toi. Tâche de ne pas me laisser en panne, hein?

« Nous sommes certains du succès! Une auto est une auto, que diantre! On les achète pour rien, on y flanque une couche de peinture et le tour est joué. Tout ira comme sur des roulettes. Attention, hein? lundi en huit! Je compte sur toi.

« Ton vieux copain,

« BADGER. »

Bobby prévint son père que le lundi suivant il allait travailler à Londres. Le genre d'emploi offert à son fils n'enthousiasmait guère le pasteur. Il tint à Bobby un long discours plein de recommandations l'avertissant de ne point engager sa signature et de ne prendre aucune responsabilité dans la direction de l'entreprise.

Le vendredi de cette même semaine, Bobby reçut encore une lettre qui le surprit quelque peu.

Voici ce dont il s'agissait : la firme Henriquez et Dallo, de Buenos-Ayres, offrait à Robert Jones un emploi aux appointements de mille livres sterling par an.

Pendant une minute ou deux, Robert crut rêver. Mille livres par an! Il relut la lettre avec attention. On cherchait de préférence un ancien marin. Quelqu'un avait parlé de Robert Jones. (Ce tiers n'était pas nommé.) En cas d'acceptation, il fallait immédiatement écrire à la maison de commerce et se tenir prêt à partir sous huitaine pour Buenos-Ayres.

Bobby traduisit ses sentiments en un juron énergique et plutôt vulgaire.

— Voyons, Bobby!

— Excuse-moi, papa. J'oubliais que tu étais là. Mais on m'offre une situation de mille livres par an.

Le pasteur en demeura lui aussi interloqué un instant.

— Mon cher enfant, ai-je bien entendu? On t'offre une situation de mille livres par an? *Mille livres?*

— Il paraît.

— Impossible! s'exclama le pasteur.

Bobby ne se froissa pas de cette franche incrédulité. L'idée qu'il se faisait de sa propre valeur ne différait guère de celle de son père. Il tendit la lettre. Le pasteur la lut et la relut.

— Magnifique! Vraiment magnifique! Quelle admirable chose d'être Anglais! L'intégrité! Voilà ce que nous représentons aux yeux des autres nations. Cette maison de l'Amérique du Sud apprécie comme il se doit la valeur d'un jeune homme d'une honnêteté à toute épreuve! On peut toujours compter sur la loyauté d'un Anglais!

— Évidemment, papa, mais pourquoi moi plutôt qu'un autre? Oui, pourquoi m'a-t-on choisi?

— Sans doute ton ancien commandant t'aura-t-il recommandé.

— Peut-être. En tout cas, peu importe, mais je ne puis accepter cet emploi.

— Tu ne peux accepter? Mon cher enfant, que dis-tu là?

— Je me suis déjà engagé... avec Badger.

— Badger? Badger Beadon! Des sottises, mon cher Bobby! Cette ridicule association ne saurait t'arrêter un seul instant.

— Pour moi, cela compte.

— Le jeune Beadon est absolument toqué. Il a déjà coûté beaucoup d'argent et causé pas mal d'ennuis à sa famille. Ce projet de garage ne me dit rien de bon. C'est pure folie et il ne faut plus y songer.

— Impossible. J'ai donné ma parole.

La discussion se poursuivit. Le pasteur ne pouvait admettre que son fils fût lié par une promesse faite à un écervelé. De son côté, Bobby ne cessait de répéter qu'il « ne pouvait laisser tomber son ami Badger ».

Finalement, le pasteur, furieux, quitta la pièce, et Bobby, sans plus attendre, s'assit à une table et écrivit à la firme Henriquez et Dallo pour décliner son offre.

Tout en rédigeant sa lettre, il poussa de fréquents soupirs. Il laissait échapper une occasion unique...

Un peu plus tard, sur le terrain de golf, il soumit le problème à Frankie. Elle l'écouta très attentivement.

— Il vous eût fallu partir pour l'Amérique du Sud ?

— Oui.

— Ce voyage vous aurait plu ?

— Pourquoi pas ?

Frankie soupira.

— Après tout, je crois que vous avez bien agi.

— En ce qui concerne Badger, je ne pouvais lâcher ainsi un vieux copain, n'est-ce pas ?

— Non, mais prenez garde, sinon, le vieux copain, comme vous l'appelez, vous mettra dans le pétrin.

— Oh ! je ne risque rien, puisque je ne possède aucun capital.

— Cela doit être tout à fait drôle.

— Pourquoi ?

— Parce qu'une existence où l'argent n'entre pas en jeu vous donne, à mon avis, une liberté parfaite et une superbe insouciance. Quand j'y songe, moi non plus, je ne possède pas grand-chose. Mon père me sert une rente, j'ai de nombreuses toilettes, des domestiques, de vieux bijoux de famille et aussi du crédit dans les magasins, mais tout cela constitue un patrimoine qui ne m'appartient pas en propre.

— Tout de même...

Il y eut un silence.

— Demain, je vais à Londres, annonça Frankie, comme Bobby se préparait à frapper sa balle.

— Demain ? Oh ! et moi qui voulais vous inviter à une partie de campagne !

— J'aurais accepté avec plaisir, mais j'ai pris d'autres dispositions. Papa souffre encore de sa goutte.

— Vous devriez rester auprès de lui pour le soigner.

— Il ne veut pas que je le soigne. Ma présence l'horripile. Il préfère la société du second valet de pied. Celui-là le plaint et ne s'offusque pas lorsqu'il le traite d'imbécile.

Bobby lança sa balle dans un fourré.

— Pas de chance ! dit Frankie. A propos, nous devrions sortir un peu ensemble à Londres. Y serez-vous bientôt ?

— Lundi... mais je travaillerai toute la journée comme mécanicien... alors...

— Alors... qui vous empêche de venir à un cocktail avec mes autres amis ?

Bobby hocha la tête.

— Frankie, gardez vos amis pour vous. Votre monde est si différent du mien !

— Amenez Badger si vous voulez. On le recevra par amitié pour vous.

— Badger ne vous plaît pas.

— J'avoue que son bégaiement m'agace...

— Écoutez, Frankie, restons-en là. Ici, cela passe encore. Il n'y a guère de distractions et je vaux tout de même mieux que rien. Et puis vous vous montrez toujours si aimable et si gentille avec moi... Je vous en suis très reconnaissant. Mais je sais bien qu'auprès de vous, je ne suis rien...

— Quand vous en aurez fini avec votre complexe d'infériorité, vous jouerez un peu mieux, monsieur Bobby ! J'ai gagné la partie.

— Encore une autre, voulez-vous ?

— Non. J'ai des tas de choses à faire.

En silence, ils se rendirent à la cabane où les membres du club rangeaient leurs jeux.

— Au revoir, mon ami, dit Frankie, la main tendue. Je suis enchantée d'avoir profité de votre compagnie pendant mon séjour à la campagne. Je vous reverrai plus tard, si toutefois je n'ai rien de mieux à faire.

— Oh! Frankie...

— Peut-être condescendrez-vous à assister à une de mes soirées. On trouve des boutons de nacre à très bon marché aux Prix Uniques.

— Frankie...

Ses mots se perdirent dans le bruit du moteur de la Bentley que Frankie venait de mettre en marche.

Avec un geste dédaigneux de la main, elle s'éloigna.

— Zut! proféra Bobby.

Frankie, lui semblait-il, venait de lui infliger un grave affront. Peut-être lui-même avait-il manqué de tact, mais enfin il n'avait dit que la vérité.

Les trois journées suivantes lui parurent interminables.

Le pasteur souffrait d'un mal de gorge qui l'obligeait à parler tout bas. Son attitude à l'égard de son quatrième fils était celle d'un chrétien résigné.

Ce samedi-là, ne pouvant supporter davantage l'ambiance de la maison familiale, Bobby pria Mrs Robert, qui avec son mari assurait le service du presbytère, de lui préparer un paquet de sandwiches. Au village de Marchbolt, il acheta une bouteille de bière, puis se mit en route.

Il s'allongea sur un talus couvert de fougères et se demanda s'il valait mieux manger d'abord et dormir ensuite, ou l'inverse.

Tandis qu'il débattait cette question, il s'endormit sans s'en apercevoir.

A son réveil, il était trois heures et demie! Il se jeta sur ses sandwiches et les dévora d'un bel appétit. Avec un soupir d'aise, il déboucha la bouteille de bière. Cette boisson lui parut très amère, mais délicieusement rafraîchissante...

Ayant lancé la bouteille vide dans un buisson de bruyère, il s'allongea de nouveau sur le dos.

Il se sentait heureux, plein de confiance en lui,
capable de braver tous les obstacles. Des projets mer-
veilleux lui traversaient l'esprit.

Puis, à nouveau, le sommeil s'empara de lui... Un
sommeil léthargique...

Il dormit...

CHAPITRE VII

BOBBY ÉCHAPPE A LA MORT

Conduisant elle-même sa superbe limousine, Frankie s'arrêta devant une maison à large façade et d'aspect ancien, portant sur le fronton de l'entrée cette inscription : « Saint Asaph. »

Frankie sauta de son siège et, se retournant, prit sur les coussins de l'arrière une grosse gerbe de lis. Elle sonna. Une femme vêtue de l'uniforme des infirmières vint lui ouvrir.

— Puis-je voir Mr Jones ?

— Qui dois-je annoncer ?

— Lady Frances Derwent.

La nurse n'en croyait pas ses oreilles. Du coup, son malade monta considérablement dans son estime.

Elle conduisit Frankie à une chambre du premier étage.

— Vous avez une visite, monsieur Jones.

— Sapristi ! s'écria Bobby, mais c'est Frankie !

— Bonjour, Bobby. Je vous apporte un bouquet...

— Oh ! lady Frances, quelles belles fleurs ! interrompit la nurse, elles sont ravissantes. Je vais les mettre dans l'eau.

Elle sortit.

Frankie s'assit dans le fauteuil placé au chevet du malade.

— Voyons, Bobby. Que se passe-t-il?

— Un phénomène extraordinaire. Il n'est question que de moi dans l'établissement. Huit grains de morphine, pas moins! On va parler de moi dans *La Lancette* et le *J. M. B.*

— Qu'est-ce que le « J. M. B. »? interrogea Frankie.

— Le *Journal Médical Britannique*.

— Bien, continuez. Parlez encore par initiales.

— Savez-vous, petite amie, qu'un demi-grain est une dose mortelle. Je devrais être mort cent fois. Il paraît tout de même qu'on a vu des gens réchapper après l'absorption de seize grains... huit, c'est déjà pas mal. Je suis le héros de la maison. C'est la première fois qu'on traite ici un cas pareil...

L'infirmière reparut, portant les lis dans des vases.

— N'est-ce pas que c'est vrai, nurse? demanda Bobby. Vous n'avez jamais vu un cas semblable au mien?

— C'est un miracle que vous soyez encore en vie... répondit-elle en ressortant.

— Et voilà! constata Bobby avec satisfaction. Demain, mon nom sera célèbre dans toute l'Angleterre. J'ai été soigné de la façon suivante...

Il s'étendit avec complaisance sur les détails de son traitement.

— Cela suffit. l'interrompit Frankie. Ces histoires de lavages d'estomac ne me passionnent guère. A vous entendre, personne n'aurait été empoisonné avant vous. La morphine se trouvait dans la bière, n'est-ce pas?

— Oui. Des passants m'ont aperçu endormi sur le talus ; ils ont essayé de me réveiller. N'y parvenant point, ils m'ont transporté dans une ferme voisine

et ont appelé un médecin... Tout d'abord, on a cru
que j'avais absorbé le poison volontairement. Mais
lorsque j'ai raconté mon aventure, on est allé chercher
la bouteille de bière. On l'a ramassée à l'endroit où
je l'avais jetée et on a fait analyser le contenu... du
moins le peu qui restait au fond.

— Sait-on comment la morphine a été introduite
dans la bouteille ?

— On n'en a pas la moindre idée. Les enquêteurs
ont interrogé l'aubergiste chez qui j'ai acheté cette
bière et on a trouvé d'autres bouteilles sans rien découvrir de suspect.

— Quelqu'un a dû profiter de votre sommeil...

— Oui ! Je me rappelle que la bande de papier du
goulot de la bouteille était décollée.

Frankie hocha la tête.

— Preuve que ce que je vous disais l'autre jour
dans le train était juste.

— Que me disiez-vous ?

— Que cet individu — Pritchard — a été jeté du
haut de la falaise.

— Qui vous fait supposer... ?

— Mon cher, mais cela crève les yeux. Pourquoi
essaierait-on de vous supprimer ? Vous n'êtes pas
l'héritier d'une grosse fortune, ni rien de la sorte.

— Qui sait ? Quelque vieille tante dont je n'ai
jamais entendu parler peut m'avoir légué sa fortune !

— Vous dites des sottises... Mais il s'agit peut-être
d'une vengeance ! N'auriez-vous point, par hasard,
promis le mariage à la fille d'un pharmacien ?

— Pas que je me souvienne. Mais pourquoi faut-il
que ce soit la fille d'un pharmacien ?

— Parce qu'il peut se procurer librement de la
drogue. Alors, vous ne vous connaissez pas d'ennemis
personnels ?

Bobby secoua négativement la tête.

— Là, vous voyez bien! s'écria Frankie, triomphante. L'homme a sûrement été poussé dans le précipice. Qu'en pense la police?

— Elle suppose que c'est l'acte d'un fou.

— Les fous n'errent pas dans les champs à la recherche de bouteilles de bière pour y introduire de la drogue. Pour moi, quelqu'un a précipité Pritchard du haut de la falaise. Vous apparaissez sur la scène du crime une minute après. Le meurtrier, s'imaginant que vous avez été témoin de son acte, décide de vous supprimer.

— Ce raisonnement ne tient pas debout, Frankie. D'abord, je n'ai rien vu.

— Évidemment, mais il l'ignore.

— Si j'avais été témoin du moindre fait, je l'eusse déclaré devant le tribunal d'enquête.

— Après tout, vous avez peut-être raison, acquiesça Frankie sans enthousiasme.

Elle réfléchit pendant un moment.

— Il vous soupçonne peut-être d'avoir vu quelque chose qui, à vos yeux, n'offrait aucune valeur mais que lui considère comme de première importance. Cette explication paraît embrouillée, mais enfin vous comprenez ce que je veux dire?

— Oui, je saisis votre idée, mais c'est peu probable.

— En tout cas, je ne puis m'empêcher de croire qu'il existe un rapport entre votre empoisonnement et l'histoire de la falaise. Vous vous trouviez là... vous étiez le premier témoin.

— Thomas était avec moi, rappela Bobby. Et personne n'a tenté de l'empoisonner.

— Patience! Cela viendra. Jamais deux sans trois... Attendez...

— Quoi encore?

— Cette situation qu'on vous a offerte... Avouez que c'est assez bizarre. Jusqu'ici je n'ai pas entendu parler de maisons spécialisées dans la recherche des ex-officiers de marine pas même décorés.

— Vous dites : pas même décorés ?

— Jusqu'alors vous n'aviez pas été cité dans le *J. M. B.* Voici où je veux en venir. Vous avez vu certaine chose que vous ne deviez pas voir. Le ou les coupables cherchent à se débarrasser de vous par l'appât d'une enviable situation à l'étranger. Devant leur échec, ils songent à vous faire disparaître.

— Ils s'exposent à de gros risques. Qu'en pensez-vous ?

— Oh! les criminels perdent le sens de la mesure.

— Voyons, Frankie. De quoi aurais-je pu être témoin ?

— Là, évidemment, gît la difficulté. Si vous aviez vu quelqu'un pousser Pritchard, vous l'auriez déclaré devant le jury. Il s'agit sans doute d'une particularité physique de la victime elle-même : une déformation des doigts, ou quelque autre signe distinctif.

— Votre esprit travaille trop, Frankie. La police a examiné cet homme aussi bien que moi et aurait pu également constater...

— Bien sûr! Je déraisonne. Comme ce problème est compliqué! Je me sauve à présent. Voulez-vous que je revienne vous voir demain ?

— Oh! je vous en prie! La conversation des infirmières est monotone. A propos, y a-t-il longtemps que vous êtes rentrée de Londres ?

— Mon cher, dès que j'ai appris votre état, je suis venue. C'est si romanesque d'avoir un ami victime d'un empoisonnement!... Alors, entendu, je reviens demain. Peut-on vous embrasser ?

— Je n'ai pas de maladie contagieuse.

— Alors j'accomplirai jusqu'au bout mon devoir envers un malade.

Elle lui donna un léger baiser sur le front.

— A demain!

Comme elle sortait, la nurse entra dans la chambre, apportant le thé de Bobby.

En le buvant, Bobby songea à l'hypothèse émise par Frankie. Bien à contrecœur, il finit par renoncer à y croire. Alors il chercha d'autres distractions.

Son regard tomba sur les vases pleins de fleurs. Frankie avait eu une charmante idée, mais comme elle eût mieux fait de lui apporter, à la place, quelques bons romans policiers! Il jeta les yeux sur sa table de chevet et, faute de mieux, prit le *Times hebdomadaire de Marchbolt*.

CHAPITRE VIII

L'ÉNIGME DE LA PHOTOGRAPHIE

— Eh bien ? comment allez-vous aujourd'hui ? demanda Frankie, en arrivant le lendemain.

Bobby semblait dans un état de surexcitation concentrée.

— Voici la photo dont vous parliez et qui, selon vous, était retouchée, mais ressemblait tout à fait à cette Mrs Cayman, dit-il, sans même répondre à la question de la jeune fille.

Du doigt, il désignait une reproduction plus ou moins nette d'une photographie publiée par le *Times hebdomadaire de Marchbolt* avec cette légende au-dessous : *Portrait découvert dans la poche de la victime du tragique accident et grâce auquel on a pu l'identifier : Mrs Amélia Cayman, sœur du défunt.*

— Oui, et je continue à ne lui voir rien de bien séduisant.

— Moi non plus.

— Pourtant, ne disiez-vous pas... ?

— Je sais bien. Écoutez-moi, Frankie, ajouta Bobby d'une voix solennelle, ce n'est pas cette photo que j'ai remise dans la poche du mort...

Ils se regardèrent un moment sans mot dire.

Puis Frankie prononça lentement :

— En ce cas...

— Ou il y avait deux photographies...

— Ce qui paraît peu probable...

— Ou bien...

Après une courte pause, Frankie s'écria :

— Cet homme!... Comment s'appelle-t-il ?

— Bassington-ffrench, répondit Bobby.

Ils se dévisageaient l'un l'autre, tout en essayant de comprendre ce nouvel imbroglio.

— Ce ne peut être que lui, observa Bobby. Lui seul a eu l'occasion de toucher à la photographie.

— A moins, comme nous le disions tout à l'heure, qu'il y ait eu deux photographies.

— Le fait semble peu probable. En admettant l'existence de deux photographies, la police eût essayé d'identifier la victime au moyen des deux portraits... et non d'un seul.

— Il est facile de s'en assurer en questionnant les policiers. Pour l'instant, nous ne retenons la présence que d'une seule photo, celle que vous avez remise dans la poche du mort. Elle y était quand vous l'avez quitté et elle ne s'y trouvait plus lorsque la police arriva : la seule personne qui ait pu s'en emparer pour en substituer une autre à la place était Bassington-ffrench. Comment était cet homme, Bobby ?

Ce dernier fronça le sourcil et essaya d'évoquer ses souvenirs.

— Un individu difficile à décrire. Voix agréable. De bonnes manières. Je n'ai remarqué chez lui rien de particulier. Il m'a dit qu'il était étranger dans ce pays et cherchait une maison à louer.

— Rien de plus aisé à vérifier. Whecler et Owen sont les seuls agents de location de Marchbolt... Bobby, y avez-vous pensé ? Si Pritchard a été jeté du haut de la falaise, c'est Bassington-ffrench le criminel...

— Impossible !... un homme si aimable! Voyons, Frankie, qui vous prouve que Pritchard a été assassiné ?

— J'en suis certaine!

— Vous l'avez affirmé dès le début.

— Oui, mais je ne le croyais pas. A présent le meurtre ne fait presque plus de doute. Tout semble concorder pour nous en fournir la preuve : votre présence sur le lieu du crime bouleverse les plans du meurtrier, votre découverte de la photographie et, en conséquence, la nécessité de votre suppression.

— Je vois une faille dans votre raisonnement.

— Laquelle ? Vous êtes la seule personne à avoir vu la photographie. Dès que Bassington-ffrench se trouve en tête à tête avec le mort, il échange la photographie avec celle qui a été publiée.

Mais Bobby hocha la tête.

— Non, vous n'y êtes pas. Admettons pour l'instant qu'il attachait une telle importance à cette photographie qu'il crût nécessaire de me supprimer. En ce cas, il devait agir tout de suite. Seul le hasard a voulu que je me rendisse à Londres sans avoir vu le *Times hebdomadaire de Marchbolt* qui reproduisait la photographie. Or, il est très probable qu'en la voyant je me serais écrié : « Ce n'est pas la photo que j'ai vue! » Pourquoi attendre après l'enquête qui a si bien arrangé les choses?

— Vous avez peut-être raison.

— De plus, je ne pourrais l'affirmer, mais je suis presque certain que Bassington-ffrench n'était pas là au moment où j'ai remis la photo dans la poche. Il n'apparut que huit ou dix minutes plus tard.

— Il vous guettait peut-être pendant tout ce temps?

— Comment cela? Il n'existe qu'un seul point d'où

l'on peut apercevoir l'endroit où nous étions. Ailleurs, la falaise surplombe partout. Dès que Bassington-ffrench arriva, j'entendis le bruit de ses pas ; l'écho résonne là-dessous. Peut-être se promenait-il aux alentours, mais il ne pouvait me voir... De cela, je puis jurer.

— Alors, vous croyez qu'il ignore que vous connaissez la photographie ?

— Comment l'aurait-il su ?

— Et il ne peut craindre que vous ayez été témoin... du meurtre ? Non, ce serait absurde : jamais vous n'auriez gardé le silence. Cherchons encore.

— Qu'est-ce que cela pourrait bien être ?

— Quelque chose qu'ils ignoraient jusqu'après l'enquête. Je ne sais pourquoi je dis « ils ».

— Pourquoi pas ? Les Cayman ont sûrement trempé dans l'affaire. Il s'agit probablement d'une bande. En ce cas, cela me plairait davantage.

— Quel goût vulgaire, Bobby ! Un assassin qui opère seul est plus chic... Bobby ?

— Quoi ?

— Qu'a dit Pritchard... au moment de mourir ?... Cette question bizarre ?

— *Et pourquoi pas Evans?* Mais ces mots ne présentent aucun sens.

— A votre avis, mais ils peuvent avoir une énorme importance. Vous n'en avez rien dit aux Cayman ?

— Si, je leur ai écrit le soir même, ajoutant que probablement ces paroles ne signifiaient rien.

— Et après ?

— Cayman me répondit que, comme moi, il n'y voyait aucune signification particulière, mais qu'il me remerciait tout de même de la peine que j'avais prise de leur écrire à ce sujet. J'ai cru sentir qu'il se moquait de moi.

— Et deux jours plus tard vous recevez cette lettre d'une firme étrangère vous offrant de partir pour l'Amérique du Sud avec de gros appointements ? Eh bien, que vous faut-il de plus ? Vous repoussez cette proposition, aussitôt après ils vous espionnent et profitent du moment propice pour vous empoisonner.

— Ainsi les Cayman sont dans l'affaire ?

— Évidemment !

— Alors, dans ce cas, voici comment les faits se sont passés : X..., la victime, est projeté du haut de la falaise sans doute par B... F... (excusez les initiales). Pour éviter l'identification de X... on place un portrait de Mrs C... dans sa poche, à la place de celui de la belle inconnue. Qui peut-elle être ?

— Ne vous écartez pas du sujet, réprimanda Frankie d'une voix sévère.

— Mrs C... attend qu'on ait découvert son portrait et se présente comme la sœur éplorée de X..., son frère, revenu récemment des colonies.

— Vous n'avez pas cru qu'il pouvait être son frère ?

— Pas un instant. Cette parenté m'a choqué dès le début. Les Cayman étaient d'une tout autre classe que le défunt. Celui-ci m'a fait l'effet d'un homme du monde...

— Et les Cayman sont de vulgaires canailles. Tout allait pour le mieux à leur point de vue : cadavre identifié comme celui du frère de Madame, mort accidentelle reconnue par le tribunal. Et voilà que vous venez tout embrouiller...

— *Et pourquoi pas Evans ?* répéta Bobby d'un air pensif. Ma foi, je ne trouve rien dans ces quatre mots qui puisse éveiller des soupçons.

— Parce que vous ignorez la suite. *Et pourquoi pas Evans ?* doit avoir, pour ces gens-là, un sens nettement défini et ils ne peuvent croire que cette phrase n'éveille rien en votre esprit.

— Ce sont deux imbéciles.

— Peut-être... Mais peut-être aussi se figurent-ils que Pritchard a prononcé d'autres paroles dont vous vous souviendrez en temps opportun. En tout cas, ne voulant rien laisser au hasard, ils jugent nécessaire de vous écarter de leur chemin.

— Pourquoi n'ont-ils pas recommencé le coup de l'« accident » ?

— Ils ne le pouvaient pas. Deux accidents dans la même semaine ? On eût flairé une relation entre les deux et commencé par examiner de près le premier. Je vois dans leur façon de procéder une simplicité hardie qui ne manque pas d'astuce.

— Vous prétendez pourtant qu'il n'est pas facile de se procurer de la morphine.

— Je le soutiens encore. Pour en obtenir, il faut signer sur le registre du pharmacien et fournir une ordonnance. Évidemment, ce serait là un indice. Le coupable doit pouvoir se procurer de la drogue.

— Un médecin, une infirmière d'hôpital, ou un pharmacien.

— Personnellement, je pencherais plutôt vers l'importation illicite des stupéfiants. Comprenez que le côté le plus adroit, dans votre assassinat, c'est l'absence apparente du mobile. Nul ne tirant profit de votre mort, qu'en penserait la police ?

— Elle accuserait un fou. Et c'est ce qui a lieu...

Bobby se mit à rire.

— Qu'est-ce qui vous amuse ?

— L'idée qu'ils doivent être bien dépités ! Songez donc : avoir gaspillé une quantité de morphine suffisante pour tuer cinq ou six personnes... et me voilà bel et bien vivant !... Maintenant qu'allons-nous faire ?

— D'abord nous renseigner sur la photo... savoir exactement s'il en existait une ou deux. D'autre part, nous enquérir au sujet de Bassington-ffrench. Qu'y a-t-il de vrai dans cette histoire de location de maison ?

— Si B... F... ne doit pas être soupçonné, il n'existe aucun lien entre lui et la victime, et il a bien une raison personnelle pour se trouver dans la localité. Il se peut que, pris au dépourvu, il ait inventé cette histoire de location, alors qu'il voyageait dans le pays pour un autre motif. Gardons-nous de parler de l'apparition d'un « mystérieux étranger dans les parages du lieu de l'accident ». A mon sens, Bassington-ffrench est son vrai nom et cet homme n'est mêlé à rien.

— Vous avez raison, n'établissons pas de rapport entre Bassington-ffrench et Alex Pritchard... d'autant plus que nous ignorons l'identité du défunt...

— Ah! si nous la connaissions, ce serait différent!

— Et il était de la plus haute importance que le mort ne fût pas reconnu... d'où le camouflage des Cayman. Mais ils couraient un grand risque.

— Vous oubliez que Mrs Cayman l'a identifié dès que cela a été possible. Après quoi, même si des photographies du mort avaient paru dans les journaux (vous savez comme ces reproductions sont mauvaises d'habitude), les gens se seraient contentés de dire : « Tiens, c'est curieux comme ce Pritchard tombé du haut de la falaise ressemble à M. X... »

— J'y vois autre chose encore. X... doit être un homme dont la disparition n'a pas alarmé beaucoup de gens. Il ne vit pas en famille, sans quoi sa femme ou un de ses proches se fussent présentés à la police pour signaler son absence.

— Bravo, Frankie! Cet homme habitait l'étranger, les colonies. Sa peau très bronzée me faisait penser à un explorateur. Il n'avait pas de parents très proches...

— Nous progressons, et j'espère que toutes nos hypothèses ne s'avéreront pas fausses... A présent je vois trois angles d'attaque.

— Je vous écoute !

— Le premier, c'est vous. Une fois, ils ont attenté à vos jours. Sans doute vont-ils récidiver. Vous servirez d'appât.

— Grand merci, Frankie. J'ai eu beaucoup de chance cette fois-ci, mais une autre fois... Non, je refuse de m'offrir comme appât.

— J'en étais certaine ! Les jeunes gens d'aujourd'hui dégénèrent. Quelle époque !...

— Étudions, plutôt, votre second plan de campagne.

— Partant de cette phrase prononcée par le défunt : *Et pourquoi pas Evans ?* nous devons rechercher qui est cet Evans. Peut-être la victime était-elle venue ici pour rendre visite à un dénommé Evans...

— Combien croyez-vous qu'il y ait d'Evans à Marchbolt ?

— Des centaines, ce me semble... Oui, c'est la difficulté...

— Lorsque nous serons plus avancés dans notre enquête, nous reprendrons cette idée. Et votre numéro 3 ?

— Bassington-ffrench. Là, nous avons une donnée plus nette. Ce nom-là sort du commun. J'interrogerai papa là-dessus. Il connaît toutes les familles importantes de la région.

— Je crois qu'il faut agir sans tarder de ce côté-là. Je ne veux pas laisser en paix ceux qui ont tenté de m'empoisonner et m'ont condamné au supplice des lavages d'estomac ?

— Cessez, Bobby, je vous en prie, vous allez me donner mal au cœur.

— Vous manquez de douceur féminine.

CHAPITRE IX

Mr BASSINGTON-FFRENCH

Sans perdre de temps, Frankie se mit à l'œuvre. Ce même soir, elle entreprit d'interroger son père.

— Papa, connaissez-vous les Bassington-ffrench ?

Lord Marchington, plongé dans un article politique, ne saisit pas tout de suite la question.

— Washington ? Ah ! ces diables d'Américains. Toutes ces singeries et ces conférences... ce gaspillage de temps et d'argent.

— Il s'agit des Bassington-ffrench, rectifia Frankie. C'est une famille du Yorkshire, n'est-ce pas ?

— Mais non... du Hampshire. Il y a la branche anglaise... et la branche irlandaise. Lesquels sont tes amis ?

— Je ne saurais rien affirmer.

— Que veux-tu dire ?

— Sont-ils riches ?

— Les Bassington-ffrench ? Je ne sais pas. Ceux du Shropshire ont subi des revers. Un des membres du Hampshire a épousé une riche héritière... une Américaine...

— L'un d'eux se trouvait ici l'autre jour... en quête d'une maison, je crois.

— Drôle d'idée! Venir acheter une maison dans ce trou!

« En effet », songea Frankie.

Le lendemain, elle se rendit aux bureaux de Messrs Whecler et Owen, agents de vente et location.

Mr Owen en personne se leva pour la recevoir.

— Qu'y a-t-il pour votre service, lady Frances? Vous ne songez pas à vendre le château, je suppose? Ah! Ah!

Mr Owen éclata de rire à cette réflexion spirituelle.

— Non, voici ce qui m'amène : un de mes amis a dû passer ici l'autre jour... un nommé Bassington-ffrench. Il cherchait une maison.

— Ah! oui. Je me souviens parfaitement de ce nom. Deux *f* minuscules?

— C'est cela même.

— Il me demandait des renseignements sur des petites propriétés à vendre. Comme il retournait à Londres le lendemain matin, je n'ai guère pu lui en montrer, mais il ne paraît pas très pressé. Depuis sa visite, je lui ai envoyé des détails sur plusieurs maisons, mais je n'ai pas reçu de réponse.

— Lui avez-vous écrit à Londres... ou... à la campagne?

— Voyons un peu... Il appela un jeune employé : Frank! L'adresse de Mr Bassington-ffrench.

— Roger Bassington-ffrench, esquire, Merroway Court, Staverley, Hants, récita le clerc.

— Ah! ce n'est pas le Bassington-ffrench que je connais! Sans doute est-ce son cousin. Je trouvais étrange qu'il eût traversé le pays sans venir me voir. Il a dû passer à votre bureau le mercredi, n'est-ce pas?

— Oui, juste avant six heures et demie, l'heure de la fermeture. Je m'en souviens d'autant mieux que ce jour-là même se produisit ce triste accident. Un homme est tombé du haut de la falaise, et c'est Mr Bassington-ffrench qui a gardé le corps jusqu'à l'arrivée de la police. Quand il est entré ici, il avait l'air tout bouleversé...

— Il y avait de quoi!

Elle quitta le bureau de l'agent, l'esprit préoccupé. Comme Bobby l'avait prévu, tous les actes de Mr Bassington-ffrench semblaient nets et au-dessus de tout soupçon. Il appartenait à la branche du Hampshire. Il avait donné son adresse réelle et parlé de la part prise par lui incidemment dans le drame... Après tout, peut-être Mr Bassington-ffrench était-il aussi innocent qu'il le paraissait?

Frankie réfléchit encore.

Un acheteur éventuel d'une maison arrive plutôt dans la journée, ou bien séjourne le lendemain dans le pays. On ne se présente pas dans une agence de location à six heures et demie du soir pour repartir à Londres dès le lendemain matin. Et pourquoi ce voyage? Il suffisait d'écrire.

Plus de doute : Bassington-ffrench était le coupable.

Frankie se rendit ensuite au poste de police. L'inspecteur Williams était pour elle une ancienne connaissance. Il avait réussi à retrouver une femme de chambre qui s'était introduite au château avec de fausses références et s'était enfuie en emportant une partie des bijoux de Frankie.

— Bonjour, inspecteur.

— Bonjour, lady Frances. Rien de cassé, j'espère?

— Pas encore. Mais je viens vous poser quelques questions, par pure curiosité.

— A votre disposition, lady Frances.

— Inspecteur, veuillez me dire si cet homme tombé du haut de la falaise... Pritchard... je crois...

— Pritchard, c'est exact.

— Avait-il sur lui une seule photographie ? Quelqu'un m'a affirmé qu'il en avait trois !

— Une seule, répondit l'inspecteur... La photographie de sa sœur. Elle est venue ici pour l'identifier.

— Quelle stupidité de prétendre qu'il s'agissait de trois photographies !

— C'est très simple, Votre Seigneurie. Les journalistes aiment exagérer et la plupart du temps ils embrouillent tout.

— En effet. J'ai entendu raconter les histoires les plus invraisemblables... (Elle fit une pause, puis donna libre cours à son imagination.) Certains disent que ses poches étaient bourrées de tracts bolchevistes ; d'autres, qu'elles étaient pleines de stupéfiants, et, d'après une troisième version, c'étaient des liasses de faux billets de banque.

L'inspecteur riait.

— Il n'avait pas grand-chose dans ses poches. Un mouchoir sans marque, quelque monnaie, un paquet de cigarettes et deux billets de banque, pas de portefeuille... Aucune lettre. Nous aurions eu un mal de chien à l'identifier sans cette photo providentielle.

Frankie changea le sujet de la conversation.

— Je suis allée hier voir Mr Jones, le fils du pasteur... Celui qui a été empoisonné. Quelle aventure extraordinaire !

— Cela semble une blague. Jamais on n'a vu pareille chose. Un gentil garçon sans un seul ennemi sur la terre.

— A-t-on quelque idée du coupable ?... Tout cela m'intéresse au plus haut point, demanda Frankie, les yeux brillants de curiosité.

L'inspecteur se gonflait d'aise. Il prenait un plaisir évident à bavarder familièrement avec la fille d'un lord.

— On a aperçu une automobile dans les environs, une Talbot bleu sombre. Un client de l'auberge dit avoir vu passer une Talbot portant le numéro GG 8282 qui se dirigeait vers Saint-Botolph.

— Et vous croyez que...

— Ce numéro est celui de l'automobile de l'évêque de Saint-Botolph.

Frankie se mit à rire.

— Vous ne soupçonnez tout de même pas l'évêque de Saint-Botolph ?

— D'après l'enquête, la voiture de l'évêque n'a pas quitté son garage de tout l'après-midi.

— Il s'agissait donc d'un faux numéro.

— Oui. Nous possédons du moins cette certitude.

Frankie prit congé de l'inspecteur ; elle songeait en elle-même :

« Il ne manque pas de Talbots bleu sombre en Angleterre. »

De retour à la maison, elle alla droit à la bibliothèque, prit l'annuaire de Marchbolt et l'emporta dans sa chambre. Elle l'étudia des heures durant.

Le résultat de ses recherches s'avéra plutôt déconcertant.

Il existait quatre cent quatre-vingt-deux Evans dans le comté !

— Zut !

Là-dessus, elle échafauda des projets pour l'avenir.

CHAPITRE X

LES PRÉPARATIFS D'UN ACCIDENT

Une semaine plus tard, Bobby rejoignit à Londres son ami et associé Badger. Il avait reçu de Frankie plusieurs billets énigmatiques, d'une écriture si illisible qu'il put à peine déchiffrer. Il en devina néanmoins le sens général et comprit que Frankie avait élaboré un plan d'action et que lui (Bobby) ne devait pas remuer le petit doigt jusqu'à nouvel ordre. Cela valait mieux ainsi, car Bobby ne pouvait disposer d'une minute de loisir. Badger avait réussi à embrouiller ses affaires à un point inimaginable et son ami avait fort à faire pour y remettre un peu d'ordre.

En attendant, le jeune homme se tenait sur ses gardes. Sa récente absorption de huit grains de morphine le rendait très circonspect sur le chapitre de la nourriture et de la boisson, et il s'était décidé à emporter à Londres un revolver d'ordonnance, dont la possession l'embarrassait plutôt.

Il commençait à considérer toute cette aventure comme un stupide cauchemar, lorsque la Bentley de Frankie descendit le Mews en rugissant et s'arrêta devant le garage. Bobby sortit, pour la recevoir, en salopette graisseuse. Frankie tenait le volant, auprès d'elle était assis un jeune homme à figure d'enterrement.

— Bonjour, Bobby! Je vous présente le docteur George Arbuthnot. Nous aurons bientôt besoin de ses services.

Bobby tressaillit légèrement et rendit son salut au docteur Arbuthnot.

— Croyez-vous vraiment que la présence d'un médecin s'impose? Je vous trouve un brin pessimiste.

— Vous n'y êtes pas du tout, mon cher. Le médecin contribuera à mener à bien un petit plan que j'ai échafaudé. Où pourrions-nous causer à notre aise?

Bobby jeta un coup d'œil méfiant autour de lui.

— Ma foi, je ne vois que ma chambre.

— Parfait!

Elle sauta de la voiture et, accompagnée de George Arbuthnot, suivit Bobby. Ils gravirent un escalier et pénétrèrent dans une pièce minuscule.

— Je ne sais où nous allons nous asseoir, dit Bobby, en regardant son unique chaise encombrée de tout ce qui, apparemment, composait la garde-robe du jeune homme.

— Asseyons-nous sur le lit, proposa Frankie.

Elle s'y laissa choir; Arbuthnot l'imita.

— Mon plan de campagne est définitivement arrêté, annonça Frankie. Tout d'abord, il nous faut une voiture, l'une des vôtres fera l'affaire.

— Vous avez l'intention de nous acheter une voiture?

— Oui.

— Et votre Bentley?

— Elle ne peut nous servir pour l'usage que j'en veux faire.

— Quel usage?

— La réduire en miettes.

Bobby émit un grognement.

Pour la première fois, George Arbuthnot prit la parole, d'une voix profonde et mélancolique.

— En d'autres termes, elle va avoir un accident.

— Comment le sait-elle d'avance ?

Exaspérée, Frankie poussa un soupir.

— Je crois que nous nous expliquons mal, Bobby. Je sais que vous ne brillez pas particulièrement par l'intelligence, mais en prêtant un brin d'attention à mes paroles, vous devriez être capable de me comprendre.

Elle fit une pause, puis continua :

— Je suis sur la piste de Bassington-ffrench.

— Bravo !

— Bassington-ffrench... notre Bassington-ffrench habite Merroway Court, au village de Staverley, dans le Hampshire. Merroway Court appartient au frère de notre Bassington-ffrench, qui vit là avec son frère et sa femme.

— La femme de qui ?

— Du frère, parbleu ! Mais là n'est pas la question. Il s'agit de savoir comment vous ou moi, ou tous les deux, allons nous y prendre pour nous faufiler dans la maison. Je suis allé reconnaître l'endroit. Staverley est un tout petit village. Les étrangers qui y séjournent se font tout de suite remarquer, ce qu'il faut éviter à tout prix. Voici donc le projet que j'ai conçu : lady Frances Derwent, conduisant sa voiture avec plus de témérité que jamais, ira s'écraser contre le mur près de la grille de Merroway Court. Destruction complète de la voiture et blessures de lady Frances, que l'on transporte au château. Elle souffre de douleurs internes et ne peut être emmenée chez elle.

— Qui l'affirme ?

— George. Vous comprenez maintenant le rôle de

George. Nous ne pouvons courir le risque qu'un médecin inconnu, appelé en hâte, déclare que je n'ai rien, ou bien qu'un citoyen zélé me ramasse prostrée et me conduise au prochain hôpital. Non, j'ai prévu toute une mise en scène : George passe au même moment, également en voiture (vous ferez bien de nous en vendre une deuxième). Témoin de l'accident, il saute de son auto et s'empresse : « Je suis médecin. En arrière, tout le monde! (supposons qu'il y ait du monde sur la route.) Nous allons transporter cette infortunée dans la maison... Comment appelle-t-on ce château? Merroway Court! Bon! Il faut que j'examine sérieusement la blessée... » On m'installe dans la meilleure chambre disponible, les Bassington-ffrench se montrent sympathiques, ou récalcitrants, auquel cas George leur fait entendre raison. Le médecin procède alors à son examen. Heureusement, le mal est peut-être moins sérieux qu'il ne le craignait tout d'abord. Pas de fraction d'os, mais danger de lésions internes. Sous aucun prétexte, je ne dois bouger avant deux ou trois jours ; après quoi il me sera permis de rentrer à Londres.

« Là-dessus, George prend congé, et il me reste à me concilier les bonnes grâces de la maisonnée.

— Et moi, qu'est-ce que je fais là-dedans?

— Rien.

— Tout de même...

— Mon cher ami, ne perdez pas de vue que Bassington-ffrench vous connaît. Moi, il ne me connaît ni d'Adam ni d'Ève et mon titre me confère une situation très forte dans sa famille. Je suis la fille d'un comte et mon honorabilité ne laisse aucun doute. George étant un vrai médecin, mon accident ne peut éveiller le moindre soupçon dans l'esprit de ces gens.

— Oh! vous avez peut-être raison, soupira Bobby.

— Moi, je trouve toute cette combinaison merveilleusement échafaudée, déclara Frankie avec fierté.

— Alors moi, je ne joue aucun rôle là-dedans?

— Mais si, mon ami, vous laissez pousser votre barbe. Combien de temps faudra-t-il?

— Deux ou trois semaines, il me semble.

— Dieu! Je n'aurais jamais cru qu'il fallait si long-temps. N'y a-t-il pas moyen de la faire croître plus vite?

— Pourquoi n'en porterais-je pas une fausse?

— On devine tout de suite une fausse moustache... Attendez... je crois cependant qu'il existe un système de moustaches qu'on applique poil par poil sur la lèvre et qui échappe à l'œil le plus avisé. Je suppose qu'un perruquier du théâtre vous en poserait une.

— Il croira que je cherche à échapper à la police.

— Qu'importe son opinion!

— Une fois en possession de ma moustache, que dois-je faire?

— Vous arborez une tenue de chauffeur et vous arrivez à Staverley au volant de la Bentley.

— Oh! très bien!

Le visage de Bobby s'épanouit.

— Vous saisissez, à présent? lui dit Frankie. Or ne s'intéresse pas à un chauffeur. Bassington-ffrench ne vous a, du reste, vu qu'une minute et il était trop occupé par le souci d'échanger les photos pour vous examiner de près. Je parierais n'importe quoi que s'il vous voyait en costume de chauffeur, même sans moustaches, il ne vous reconnaîtrait pas. Alors, avec vos moustaches, vous serez en sécurité absolue. Que dites-vous de mon idée?

— En toute sincérité, Frankie, je ne vois aucune critique à formuler.

— Eh bien! allons acheter les voitures. Bobby, excusez George, je crois qu'il a défoncé votre lit.

— Peu importe.

Ils descendirent au garage, où un jeune homme les accueillit par des salutations empressées. Sa physionomie, plutôt sympathique, se trouvait légèrement endommagée par le fait que ses yeux avaient tendance à regarder dans des directions contraires.

— Badger, lui dit Bobby, tu te souviens de Frankie, n'est-ce pas ?

De toute évidence, Badger n'en conservait pas la moindre souvenance, mais il bredouilla du ton le plus aimable :

— Ah ! ah ! ah ! oui...

— La dernière fois que je vous ai vu, lui rappela Frankie, vous aviez la tête dans un bourbier et nous dûmes vous sortir de là en vous tirant par les pieds.

— Ah ! ah ! Pas possible ! Ce de-de-de-de-devait ê-ê-ê-tre dans le p-p-p-p-pays de Galles.

— Oui.

— Frankie désire acheter une bagnole, annonça Bobby.

— Deux ! rectifia Frankie. George en a également besoin d'une. Il vient de briser la sienne.

— Bien, venez voir ce que-que-que nous avons en ma-ma-magasin.

— Elles sont ravissantes ! s'écria Frankie, éblouie par les rouges vifs et les verts pomme.

— Tenez, voici une ma-ma-ma-ma-ma-gnifique Chrysler d'occa-ca-ca-casion, dit Badger.

Bobby intervint :

— Non, pas ça, Frankie a besoin d'une voiture capable d'abattre au moins ses soixante kilomètres.

Badger lança un regard de reproche à son associé.

— Cette Standard est assez mal en point, mais elle peut atteindre pareille vitesse, expliqua Bobby. L'Essex est encore trop bonne pour l'usage que vous lui réservez. Elle peut faire encore trois cents kilomètres avant de flancher.

— Entendu, dit Frankie, je prends la Standard.

Badger attira son associé à l'écart.

— Quel p-p-p-p-rix? Je ne peux pas la rouler de-de-de trop puisque c'est ton... ton... ton... amie. Dix-dix-dix livres?

— Va pour dix livres! s'exclama Frankie intervenant dans la discussion. Je vais vous les payer tout de suite.

— Qui est-elle, en réalité? chuchota Badger.

Bobby le renseigna.

— P-p-p-première fois que je vois une pé-pé-pé-personne de la noblesse pay-pay-pay-payer comptant.

Une autre voiture fut choisie pour George Arbuthnot.

Bobby les reconduisit jusqu'à la Bentley et demanda:

— Quand cet accident se produira-t-il?

— Le plus tôt sera le mieux, demain après-midi.

— Je voudrais bien être de la partie. Si je portais une fausse barbe?

Frankie haussa les épaules.

— Certes, non! Une barbe pourrait tout gâter en tombant juste au moment psychologique. Il serait préférable que vous vous déguisiez en motocycliste... avec un casque en cuir et de grosses lunettes. Qu'en pensez-vous, George?

Pour la seconde fois, George Arbuthnot prit la parole, de la même voix mélancolique.

— Parfait! Plus on est de fous, plus on rigole!

CHAPITRE XI

L'ACCIDENT

La rencontre fut fixée à un kilomètre environ du village de Staverley, à l'endroit où bifurque la route.

Tous trois arrivèrent sains et saufs à l'heure convenue, bien que la Standard de Frankie eût montré des signes indéniables de décrépitude à chaque montée de côte.

Le rendez-vous avait été pris pour une heure.

— Il nous faut une tranquillité absolue pour effectuer notre mise en scène, remarqua Frankie. Cette route est déserte d'habitude et à l'heure du déjeuner nous ne serons pas dérangés.

Ils quittèrent la grand-route et prirent celle qui conduisait au château de Merroway. Quand ils eurent parcouru environ cinq cents mètres, Frankie leur indiqua le lieu qu'elle avait choisi pour l'accident.

— A mon avis, on ne saurait trouver mieux. Tout droit la pente, puis, comme vous le voyez, la route tourne brusquement là où le mur s'avance. Et ce mur appartient à la propriété de Merroway. Si nous mettons la voiture en marche et la laissons filer seule, elle ira

s'écraser contre ce bout de muraille et ce sera un joli
spectacle!

— Je le crois volontiers, acquiesça Bobby. Aussi
quelqu'un devrait-il se poster au coin pour s'assurer
qu'un autre véhicule n'arrive pas de la direction
opposée.

— Très juste. George se rendra avec sa voiture au-
delà du mur, et tournera comme s'il arrivait du village.
Lorsqu'il agitera son mouchoir, nous saurons que la
route est libre.

— Vous paraissez bien pâle, Frankie, observa
Bobby inquiet.

— Je me suis mis beaucoup de blanc, afin d'être
prête pour l'accident. Je me tiendrai à côté de la grille
du château. Heureusement, il ne se trouve pas de
pavillon au bord de la route. Lorsque George et moi
agiterons nos mouchoirs, Bobby mettra la Standard en
marche.

— Entendu. Je resterai sur le marchepied pour la
guider tant qu'il n'y aura pas de danger.

— Surtout ne vous faites pas de mal!

— Soyez tranquille! Cela compliquerait singulière-
ment l'affaire si, au lieu d'un faux accident, il s'en pro-
duisait un véritable.

— A présent, partez, George! ordonna Frankie.

George sauta dans la seconde voiture et descendit la
colline.

Bobby et Frankie le suivaient des yeux.

— Frankie, prenez bien garde à vous au château.
Surtout, pas de folies!

— Tranquillisez-vous. Je serai on ne peut plus prudente. Tout d'abord, je pense que je vous écrirai par
l'entremise de George ou de ma femme de chambre.
Je m'en vais à présent. Je vous ferai savoir le moment
où vous devrez revenir avec la Bentley.

— En attendant, je m'occuperai de mes moustaches. Au revoir, Frankie!

Ils se regardèrent un moment, puis la jeune fille fit un petit salut de la main et s'éloigna.

George avait retourné sa voiture et attendait.

Frankie disparut un moment, puis s'avança au milieu de la route et agita son mouchoir. Un second mouchoir y répondit au-delà du tournant.

Bobby mit la voiture en troisième vitesse, puis, debout sur le marchepied, il relâcha le frein. La voiture roula sur la pente raide et le moteur se mit à ronfler. Bobby sauta à la dernière seconde.

L'auto dévalant à toute allure alla s'écraser contre la muraille avec une force considérable. Tout marchait à merveille...

Bobby vit Frankie accourir et se jeter au milieu des débris. George remonta dans sa voiture et stoppa sur le lieu de l'accident.

A regret, Bobby enfourcha sa motocyclette et repartit dans la direction de Londres.

— Dois-je me rouler dans la poussière pour me salir? demanda Frankie à George Arbuthnot.

— Cela ferait mieux dans le tableau. Passez-moi votre chapeau.

Il s'en saisit et pratiqua une large déchirure. Frankie poussa un cri d'horreur.

— C'est l'effet de la chute, expliqua George. A présent, ne bougez plus. Restez allongée. Je viens d'entendre un timbre de bicyclette.

A ce moment, un jeune homme d'environ dix-sept ans arrivait en sifflant. Il s'arrêta devant le spectacle qui frappait son regard.

— Tiens! c'est un accident?

— Non, répondit George sarcastique. Mademoiselle

a, histoire de s'amuser, lancé sa voiture contre la muraille.

Acceptant cette remarque comme une plaisanterie, ainsi que George l'avait prévu, le jeune garçon observa :

— Elle a l'air mal en point. Est-elle morte ?

— Pas encore. Il faut sans tarder lui donner des soins. Je suis médecin. Où sommes-nous ?

— Au château de Merroway, appartenant à Mr Bassington-ffrench.

— Il faut que nous la portions immédiatement à ce château. Posez votre bicyclette et donnez-moi un coup de main.

Le garçon, qui n'attendait que cette invitation, appuya sa bicyclette contre le mur et prêta son aide au jeune médecin. Ils emportèrent Frankie vers l'antique demeure seigneuriale.

On les avait remarqués, car un vieux valet sortit à leur rencontre.

— Un accident vient de se produire à votre porte. Avez-vous une chambre pour cette dame ? Elle a besoin de soins d'urgence.

L'air fort ennuyé, le valet rentra dans la maison. George et son jeune compagnon le suivirent, portant Frankie. Le domestique passa dans une pièce à gauche d'où bientôt sortit une femme. Grande, les yeux d'un bleu clair et les cheveux roux, elle paraissait âgée de trente ans.

Elle prit aussitôt en main la situation.

— Il y a une chambre disponible au rez-de-chaussée. Veuillez la porter jusque-là. Dois-je téléphoner au médecin ?

— Je suis médecin, madame, expliqua George Arbuthnot. Je passais dans ma voiture et j'ai été témoin de l'accident.

— C'est une heureuse coïncidence! Voulez-vous venir par ici?

Elle les conduisit dans une élégante chambre à coucher dont les fenêtres donnaient sur le jardin.

— Cette personne est-elle gravement blessée?

— Je ne puis encore me prononcer.

Mrs Bassington-ffrench se retira, suivie du jeune garçon qui se lança dans une description détaillée de l'accident, tout comme s'il y avait assisté.

— L'auto lancée à toute vitesse est allée se fracasser contre le mur. Elle est en miettes, et la jeune dame se trouvait allongée par terre. Le docteur passait à ce moment dans sa propre voiture...

On ne s'en débarrassa qu'en lui remettant une pièce d'une demi-couronne.

Pendant ce temps, Frankie et le jeune médecin conversaient à voix basse.

— Mon cher George, j'espère que cette comédie ne brisera pas votre carrière? Vous ne serez pas rayé de la corporation des médecins?

— Il n'y a aucun danger, du moins tant que la chose demeurera secrète.

— Ne craignez rien, George, personne n'en soufflera mot... Vous avez été admirable. Jamais je ne vous ai entendu autant bavarder.

George soupira, puis consulta sa montre.

— J'attends encore trois minutes.

— Et la voiture?

— Je m'arrangerai avec un garage pour qu'on enlève les débris.

George continuait de regarder sa montre. Enfin déclara, d'un air soulagé :

— Voilà, je vous quitte.

— George, vous avez été un as. Je ne sais pourquoi vous m'avez écoutée.

— Moi non plus. Faut-il être idiot, tout de même !
Au revoir ! Amusez-vous bien.

— Ça c'est une autre question.

Elle songeait à la voix calme et impersonnelle au
léger accent américain.

George partit à la recherche de la propriétaire de
cette voix. Mrs Bassington-ffrench l'attendait dans le
salon.

— Je suis heureux de constater que l'état de cette
jeune personne est moins grave que je ne l'aurais cru
tout d'abord, annonça George Arbuthnot. Elle souffre
seulement de contusions. Cependant, elle ne doit pas
bouger pendant un jour ou deux. (Il fit une pause.)
Il paraît que c'est Lady Frances Derwent.

— En ce cas, je connais fort bien ses cousins... les
Draycott.

— Peut-être cela vous gênera-t-il de la garder chez
vous...

— Nullement... Elle restera ici, docteur...

— ... Arbuthnot. Je vais faire enlever la voiture
brisée. Je passe devant un garage.

— Merci beaucoup, docteur. Quelle chance que
vous vous soyez trouvé là au moment de l'accident !
Sans doute devrai-je faire venir un médecin demain ?

— Je ne crois pas que cela soit utile. L'essentiel
pour la malade, c'est le calme et l'immobilité.

— Ne serait-ce que pour me rassurer. De plus, il
faudra que je prévienne ses parents.

— Je m'en chargerai. Quant à la question du médecin, cette jeune fille est, m'a-t-elle dit, adepte de la
« Science chrétienne » (1) et ne peut souffrir la présence
d'un médecin. Elle s'est fâchée tout rouge en me

---

1. Doctrine religieuse qui consiste à guérir par la volonté et la
prière.

voyant à son chevet. Du reste, je vous le répète, elle sera vite rétablie.

— Ma foi, si vous le jugez ainsi...

— Oui, oui, tout ira bien d'ici un ou deux jours. Ah! j'ai oublié un de mes instruments dans la chambre.

Vivement il revint près de Frankie : puis à voix basse :

— Vous pratiquez la « Science chrétienne », ne l'oubliez pas!

— Pourquoi?

— C'était le seul moyen de m'en tirer.

— Entendu, je ne l'oublierai pas.

CHAPITRE XII

DANS LE CAMP DE L'ENNEMI

« Me voici en sûreté dans le camp ennemi, se dit Frankie. A moi d'ouvrir l'œil. »

Un coup à la porte et Mrs Bassington-ffrench fit son entrée.

Frankie se souleva légèrement sur les oreillers.

— Excusez-moi, dit-elle d'une voix faible, je suis navrée de vous occasionner tant de dérangement.

— Vous ne nous en causez aucun.

Frankie, entendant à nouveau cette voix calme et agréable au léger accent américain, se rappela que Lord Marchington lui avait appris qu'un Bassington-ffrench du Hampshire avait épousé une héritière yankee.

— Le docteur Arbuthnot m'a assuré que vous seriez remise dans un jour ou deux, si vous restez tranquille.

A ce point de la conversation, Frankie pensa qu'elle devait parler d'une « erreur » ou de l' « esprit mortel », mais elle redouta de proférer des sottises.

— Il me paraît être un bon médecin.

— Oui, répondit Mrs Bassington-ffrench. Vous avez eu de la chance qu'il passât sur la route au moment de l'accident. Mais il ne faut pas trop parler. Je vais vous envoyer ma femme de chambre et elle vous installera confortablement dans le lit.

— Vous êtes trop aimable, madame.

Demeurée seule, Frankie fut prise d'un remords de conscience.

Pour la première fois elle se rendit compte qu'elle n'agissait pas très loyalement envers son hôtesse, une femme, en somme, bonne et gentille, incapable de soupçonner la supercherie. Hantée jusqu'ici par la vision d'un Bassington-ffrench meurtrier poussant une victime sans défense dans le précipice, Frankie avait négligé de penser aux personnages secondaires du drame.

« Tant pis! songea-t-elle, à présent, je dois aller jusqu'au bout. J'aurais tout de même préféré la voir moins empressée à mon égard. »

Elle passa un après-midi et une soirée interminables, étendue sur son lit dans une chambre qu'à dessein on tenait dans l'obscurité. Mrs Bassington-ffrench vint deux ou trois fois prendre de ses nouvelles, mais ne s'attarda point.

Le lendemain, Frankie put supporter la lumière et exprima le désir de ne point rester seule. Son hôtesse vint s'asseoir un long moment dans sa chambre. Elles se découvrirent des amis communs et, à la fin de la journée, Frankie, avec un sentiment de culpabilité, constata que la sympathie naissait entre elle et Mrs Bassington-ffrench.

Celle-ci parla, à plusieurs reprises, de son mari et de son jeune fils, Tommy. Elle produisit à Frankie l'effet d'une femme simple, très attachée à son foyer, et qui n'était pas pleinement heureuse, sans que Frankie pût définir pourquoi.

Le troisième jour, Frankie se leva et fut présentée au maître de la maison.

C'était un homme robuste, au visage large, à l'air avenant, mais distrait. Il passait la majeure partie de son temps claustré dans son cabinet de travail. Frankie le jugea très épris de sa femme, mais la laissant un peu trop livrée à elle-même.

Tommy, leur petit garçon, âgé de neuf ans, était un enfant rieur, respirant la santé. Sylvia Bassington-ffrench l'adorait.

— Comme il fait bon chez vous! soupira Frankie, installée sur une chaise longue dans le jardin.

— Restez-y autant qu'il vous plaira, répondit Sylvia de sa voix uniforme. Je vous assure, je parle sérieusement. Rien ne vous presse de regagner Londres. J'éprouve le plus vif plaisir à vous avoir près de moi ; vous êtes si gaie et si charmante! Votre présence me divertit. Je crois que nous allons devenir amies, acheva-t-elle.

Et Frankie se sentit envahie par un sentiment de honte... Elle se comportait de façon ignoble... odieuse! Elle songeait à abandonner la partie pour rentrer à Londres.

Son hôtesse poursuivit :

— Le temps ne vous semblera pas trop monotone à Merroway. Demain, mon beau-frère va rentrer. Il vous plaira, j'en suis certaine ; Roger est sympathique à tout le monde.

— Il habite avec vous?

— De temps à autre. Il ne reste pas longtemps au même endroit. Il se dit lui-même le propre à rien de la famille ; il n'a peut-être pas tout à fait tort. Je crois qu'il n'a jamais fait œuvre utile de sa vie. On rencontre fréquemment ce genre de types... surtout dans les vieilles familles. D'ordinaire, ce sont des hommes doués d'un grand charme. Roger est ainsi... Je ne sais ce que je serais devenue sans lui pendant la maladie de mon fils Tommy.

— Que lui est-il donc arrivé?

— Il est tombé de l'escarpolette. La branche devait être pourrie et elle a cédé. Roger était bouleversé parce que lui-même poussait l'enfant... Il l'envoyait très haut pour lui faire plaisir. Tout d'abord, nous avons craint une lésion de la colonne vertébrale; heureusement, il n'y avait rien de grave et à présent Tommy est en parfaite santé.

— Il en a l'air, observa Frankie qui souriait en entendant au loin les cris joyeux du petit garçon.

— Nous sommes heureux de le voir en si bon état physique, après tous ces accidents. L'hiver dernier encore, il a failli se noyer.

— Vraiment! dit Frankie.

Elle ne pensait plus au retour à Londres... Des accidents... Roger Bassington-ffrench était-il un spécialiste des accidents?

— Si réellement ma présence ne vous ennuie pas, dit-elle à la jeune femme, il me plairait de prolonger un peu mon séjour près de vous... si, toutefois, votre mari n'y voit pas d'inconvénient.

Mrs Bassington-ffrench eut une moue étrange.

— Henry? Il n'y attachera aucune importance. Plus rien ne l'intéresse.

Frankie l'observa avec curiosité.

Elle pensait : « Mrs Bassington-ffrench me connaissant mieux me fera peut-être des confidences. Il doit se passer de bizarres choses dans cette maison. »

Henry Bassington-ffrench se joignit aux deux jeunes femmes à l'heure du thé. Frankie l'observa de plus près. Il avait le type classique du gentilhomme campagnard, fervent des sports et de la bonne vie. Mais un homme de ce genre n'eût pas dû normalement témoigner d'une pareille nervosité, tantôt fronçant le sourcil d'un air irrité, tantôt répondant par d'amers monosyllabes aux paroles qu'on lui adressait ; par moments, il tombait dans une rêverie profonde. Non pas qu'il fût toujours ainsi. Ce même soir, au dîner, il se montra sous un jour tout à fait différent. Il plaisanta, raconta des histoires amusantes et déploya beaucoup d'esprit. Un peu trop même, songea Frankie étonnée et qui trouvait inquiétants les yeux du mari de Sylvia.

Mais elle ne soupçonnait pas Henry Bassington-ffrench d'avoir commis le crime : c'était son frère, et non lui, qui se trouvait à Marchbolt en cette fatale journée.

Quant à ce frère, Frankie attendait le moment de le voir impatiemment, mais toutefois avec un certain malaise : elle le considérait comme un meurtrier.

A force de volonté, elle finit par dominer son appréhension.

Roger Bassington-ffrench arriva le lendemain dans l'après-midi.

Frankie ne le rencontra qu'à l'heure du thé, car elle avait dû encore se « reposer » dans sa chambre.

Lorsqu'elle parut sur la pelouse où le thé était servi, Sylvia dit en souriant :

— Voici notre malade. Lady Frances Derwent, je vous présente mon beau-frère, Roger.

Frankie vit un grand jeune homme d'une trentaine d'années, correspondant tout à fait à la description faite par Bobby ; elle remarqua surtout ses beaux yeux bleus.

Ils se serrèrent la main.

— A ce qu'il paraît, vous vouliez absolument démolir le mur du parc ? demanda le jeune homme.

— Je conduis certes très mal, mais il faut dire que je conduisais un vieux clou. Ma voiture est en réparation.

— Par bonheur, un médecin se trouvait là pour secourir Lady Frankie, dit Sylvia.

— Il a été très aimable, acquiesça Frankie.

Tommy arriva à ce moment et se jeta au cou de son oncle en poussant des cris de joie.

— M'as-tu apporté mon train Hornby? Tu me l'avais promis!

— Voyons, Tommy, c'est vilain de toujours quémander!

— Chose promise, chose due. Je t'ai apporté ton train, Tommy. Henry ne prend pas le thé avec nous?

Sylvia répondit d'une voix attristée :

— Je ne crois pas. Il ne se sent pas très bien aujourd'hui... Oh! Roger, que je suis heureuse de vous savoir de retour!

Il posa sa main sur le bras de la jeune femme.

— Vous vous faites du souci inutilement, Sylvia. Tout s'arrangera.

Après le thé, Roger s'amusa avec son neveu.

Frankie les regarda, l'esprit agité de pensées bien diverses.

Cet homme si doux et si charmant ne pouvait être un assassin.

Elle était certaine à présent que Roger Bassington-ffrench n'avait point précipité Pritchard du haut de la falaise.

Qui alors?

Car, enfin, elle demeurait convaincue que le défunt avait été victime d'un assassinat. Qui avait commis ce premier crime et qui avait introduit de la morphine dans la bière de Bobby?

Avec cette idée de morphine se présenta, à l'esprit de Frankie, l'explication des yeux étranges d'Henry Bassington-ffrench. S'adonnait-il à la drogue?

CHAPITRE XIII

ALAN CARSTAIRS

Fait bizarre, elle reçut la confirmation de ses soupçons dès le lendemain, et par Roger lui-même.

Ils venaient de jouer une partie de tennis et se reposaient en buvant des boissons glacées.

Ils avaient abordé des sujets variés et Frankie demeurait sous le charme de la conversation de ce jeune homme qui avait parcouru presque le monde entier. Elle constata malgré elle que le « propre à rien » de la famille contrastait énormément et avantageusement avec son frère.

Un silence s'était établi entre eux. Roger le brisa... et cette fois sa voix prit un ton presque solennel :

— Lady Frances, vous allez me trouver ridicule. Je vous connais depuis moins de quarante-huit heures, et je sens que vous êtes la seule personne à qui je puisse demander un conseil dans une affaire embarrassante.

— Un conseil ?

— Oui. Je ne sais quel parti prendre.

Il fit une pause. Penché en avant, balançant sa raquette entre ses genoux, le front soucieux, il paraissait en proie à une profonde émotion.

— Il s'agit de mon frère, Lady Frances.

— Eh bien ?

— Il s'adonne aux stupéfiants. J'en jurerais...

— Sur quoi basez-vous cette supposition ?

— Tout me le prouve : son aspect, ses sautes d'humeur, son regard. Avez-vous remarqué ses yeux ? Ses pupilles sont comme des pointes d'épingles.

— Je l'ai remarqué, en effet. Que prend-il, à votre avis ?

— De la morphine, ou quelque autre forme d'opium.

— Est-ce que cela dure depuis longtemps ?

— Depuis environ six mois, Je me souviens qu'il se plaignait souvent d'insomnies ; je crois qu'il a dû commencer vers cette époque.

— De quelle manière reçoit-il la drogue ?

— Il doit la recevoir par poste. Avez-vous observé son impatience, certains jours, à l'heure du thé ?

— En effet.

— Cet état nerveux provient sans doute de ce qu'il a épuisé sa provision et en attend une nouvelle. Lorsque le courrier de six heures a passé, il s'enferme dans son cabinet et en sort à l'heure du dîner, tout à fait remonté.

Frankie approuva d'un signe de tête.

— Mais d'où proviennent ces paquets de drogue ?

— Je l'ignore. Aucun médecin scrupuleux ne lui en fournirait. Il existe sans doute des officines dans Londres où l'on peut en obtenir en payant le prix.

Frankie demeurait songeuse. Voilà que, dès le début de son enquête personnelle, elle se trouvait sur les traces d'une bande de trafiquants. Et l'homme qu'elle et Bobby suspectaient attirait son attention sur ce fait. De plus en plus, elle croyait à l'innocence de Roger Bassington-ffrench.

Et pourtant subsistait l'inexplicable substitution

de photographies. D'un côté, il y avait la preuve de sa culpabilité, et de l'autre l'attrayante personnalité de l'homme...

Éloignant ces réflexions, Frankie leva les yeux vers son compagnon.

— Pourquoi me demandez-vous conseil ?

— Parce que je ne sais quelle conduite adopter envers Sylvia.

— Supposez-vous qu'elle ne sache rien ?

— Évidemment, elle ignore tout. Dois-je la mettre au courant ?

— C'est très délicat.

— Bien sûr. Voilà pourquoi je voudrais que vous m'aidiez. Sylvia s'est prise d'amitié pour vous. Elle ne se lie pas aisément, mais vous lui avez plu tout de suite, m'a-t-elle dit. Que dois-je faire, Lady Frances ? Si je lui révèle la vérité, ce sera un grand souci de plus dans sa vie.

— Oui, mais elle peut exercer une heureuse influence sur son mari.

— J'en doute. Quand un homme s'adonne aux stupéfiants, rien ne saurait le retenir... Bien sûr, si Henry consentait à faire une cure... Il y a, dans les environs, une clinique consacrée à ce genre de traitement.

— Consentirait-il à y entrer ?

— Peut-être. Mais il me semble plus facile de l'en persuader s'il s'imagine que Sylvia ne se doute de rien... et même en lui faisant redouter la découverte de son vice par Sylvia. Si la cure réussit (nous parlerons simplement de « neurasthénie »), elle n'en saura jamais rien. La clinique en question se trouve à cinq kilomètres d'ici, de l'autre côté du village. Elle est tenue par un Canadien, le docteur Nicholson. Un homme très capable, à ce qu'il paraît. Heureusement, Henry et lui sont amis. Chut !... Voici Sylvia.

Mrs Bassington-ffrench les rejoignit.

— Avez-vous beaucoup joué? demanda-t-elle.

— Trois *sets*, répondit Frankie, et je me suis laissé
battre quatre fois.

— Quant à moi, je suis trop paresseuse pour jouer
au tennis. Il faudra que nous invitions les Nicholson
un de ces jours. Moira raffole du tennis. Eh bien?
Qu'avez-vous donc?

Elle avait surpris le coup d'œil échangé entre Frankie et Roger.

— Rien... seulement je venais de parler des Nicholson à Lady Frances.

— Appelez-la tout simplement Frankie, comme
moi. C'est drôle, lorsqu'on vient de citer le nom d'une
personne, souvent quelqu'un d'autre en parle aussitôt
après.

— Ce sont des Canadiens, n'est-ce pas? demanda
Frankie.

— Lui est Canadien, mais elle doit être Anglaise ;
je ne saurais vous le certifier. Elle est très jolie... avec
de grands yeux magnifiques. Je doute qu'elle soit
heureuse. L'existence qu'elle mène n'est pas toujours
gaie.

— Son mari dirige une sorte de sanatorium, n'est-ce
pas?

— Oui... il soigne les nerveux et les morphinomanes.
On dit qu'il opère des cures merveilleuses. C'est un
homme imposant... Mais il ne m'est pas du tout sympathique.

Plus tard, dans le salon, elle montra à Frankie une
photo posée sur le piano ; celle d'une jeune femme.

— Tenez, voici Moira Nicholson. Elle est jolie,
n'est-ce pas? Elle a beaucoup frappé un de nos visiteurs venu ici avec des amis. Il aurait voulu lui être
présenté... Du reste, vous la verrez. Je vais inviter les

Nicholson à dîner pour demain, et vous me direz ce que vous pensez du mari... Je vous ai déjà dit qu'il me déplaisait, et pourtant il est très bel homme.

Quelque chose dans le ton de Sylvia étonna Frankie qui lui jeta un rapide coup d'œil, mais déjà Mrs Bassington-ffrench, retournée, arrangeait des fleurs dans un vase.

* * *

« Il faut absolument que je mette de l'ordre dans mes idées », se répétait Frankie tout en passant le peigne dans ses cheveux sombres avant de descendre pour le dîner.

Roger Bassington-ffrench était-il, oui ou non, un assassin ?

L'inconnu qui avait tenté de se débarrasser de Bobby devait avoir facilement accès à la drogue ; or, Roger Bassington-ffrench remplissait cette condition. Si son frère en recevait des provisions par la poste rien de plus commode que d'en subtiliser un paquet.

Frankie prit une feuille de papier et inscrivit :

1º Rechercher où se trouvait Roger le 16, jour de l'empoisonnement de Bobby.

2º Lui montrer le journal reproduisant la photographie du défunt et observer les réactions de Roger. Avouera-t-il sa présence à Marchbolt le jour de l' « accident » ?

Elle ne prévoyait aucune difficulté pour résoudre le premier point, mais le second la laissait perplexe. D'autre part, le drame s'étant passé dans son village, il était tout naturel qu'elle en parlât à l'occasion.

Elle fit de la feuille une boule de papier et la brûla.

Dès le début du dîner, elle déclencha l'attaque et, à brûle-pourpoint, dit à Roger :

— Il me semble que nous nous étions déjà rencontrés... et il n'y a pas longtemps. Ne serait-ce pas au lunch de Lady Shane, au Claridge... le 16 de ce mois?

— Vous ne l'avez certainement pas vu le 16, s'empressa de dire Sylvia. Ce jour-là, Roger est demeuré ici. Je m'en souviens fort bien car nous avions une fête d'enfants et j'eusse été désemparée sans lui.

Elle jeta un regard de gratitude vers son beau-frère, qui lui répondit par un sourire.

— Je ne crois pas vous avoir rencontrée auparavant. Je me serais sûrement souvenu de vous, observa-t-il galamment.

« Voilà un point réglé, se dit Frankie, Roger Bassington-ffrench n'était pas au pays de Galles le jour où Bobby a été empoisonné. »

La seconde question fut aussi aisément abordée. Frankie aiguilla la conversation sur les petits trous de campagne où, d'ordinaire, il ne se passe rien et où le moindre événement soulève la plus vive curiosité.

— Le mois dernier, ajouta-t-elle, un homme est tombé du haut de la falaise. Nous en étions tous bouleversés. J'ai même assisté à la séance du tribunal d'enquête, mais l'affaire en elle-même ne présentait nul intérêt.

— Le tribunal d'enquête ne s'est-il pas tenu à Marchbolt? demanda Sylvia.

— Mais si. Notre château est situé seulement à dix kilomètres de Marchbolt, expliqua Frankie.

— Roger, ce doit être votre homme! s'écria Sylvia.

— Je passais justement dans le sentier, corrobora Roger, et j'ai gardé le mort jusqu'à l'arrivée de la police.

— Tiens! je croyais que c'était un des fils du pasteur qui s'en était chargé, observa Frankie.

— Pour une raison quelconque il a dû s'en aller et j'ai pris sa place.

— En effet, il m'a dit qu'un promeneur l'avait remplacé près du mort. Ainsi, c'était vous?

— C'est peut-être à Marchbolt que vous m'avez vu? suggéra Roger.

— Je ne m'y trouvais pas le jour de l'accident, mais je suis rentrée de Londres deux jours après. Etiez-vous présent à l'enquête?

— Non, j'ai regagné Londres le lendemain du drame.

— Figurez-vous que Roger voulait acheter une maison dans le pays de Galles! dit Sylvia.

— Une idée absurde! grogna Henry Bassington-ffrench.

— Pas du tout! protesta Roger avec bonne humeur.

— Voyons, Roger, vous savez parfaitement qu'une fois l'opération faite, vous serez pris d'une de vos crises de bougeotte et que vous filerez n'importe où.

— Mais non, Sylvia, je finirai bien par m'établir un jour.

— Vous feriez mieux de choisir votre maison près de nous plutôt que dans le pays de Galles.

Roger sourit. Puis, s'adressant à Frankie :

— Et alors, cet accident? Il ne s'est point transformé en suicide ou en crime?

— Pas du tout. L'enquête s'est passée le plus naturellement du monde. Des parents du défunt sont venus le reconnaître. Il accomplissait un voyage à pied, en touriste, paraît-il. C'est d'autant plus triste qu'il était jeune et d'un physique agréable. Avez-vous vu sa photographie dans les journaux?

— Il me semble que oui, dit Sylvia, mais je ne m'en souviens pas beaucoup.

— Attendez, j'ai là-haut une coupure de notre journal local.

Avec empressement, Frankie monta à sa chambre et descendit, la coupure à la main. Elle la tendit à Sylvia. Roger se pencha par-dessus l'épaule de sa belle-sœur.

— Il est, en effet, très bien, constata Sylvia. On jurerait voir Alan Carstairs, n'est-ce pas, Roger ? Je me souviens vous l'avoir déjà dit.

— Cette photo lui ressemble assez, convint Roger. Mais je vous assure qu'il n'y avait réellement pas de similitude entre les deux hommes.

— On ne peut rien affirmer d'après les photographies des journaux, conclut Sylvia en rendant la coupure.

Frankie se rangea à son avis et l'on parla d'autre chose.

Frankie se retira, bien perplexe. Ses hôtes avaient réagi de la façon la plus naturelle du monde. Roger était bel et bien venu à Marchbolt pour y acheter une maison, du moins il n'en faisait pas un secret.

Le seul élément nouveau recueilli par elle était un nom : Alan Carstairs.

CHAPITRE XIV

LE DOCTEUR NICHOLSON

Le lendemain matin, Frankie dirigea ses batteries sur Sylvia.

Elle commença par lui demander, d'un air détaché :

— Comment s'appelle ce monsieur dont vous parliez hier soir ? Alan Carstairs, n'est-ce pas ? Ce nom me semble familier.

— Je crois bien. Alan Carstairs est presque une célébrité en son genre... C'est un Canadien... naturaliste, explorateur et chasseur de fauves. Je ne le connais guère, mais des amis à nous, les Rivington, l'ont amené ici un jour à déjeuner. Un beau type d'homme... grand, vigoureux, le visage bronzé, des yeux bleus pleins d'intelligence.

— J'étais certaine d'en avoir déjà entendu parler.

— Il n'était pas encore venu dans ce pays. L'année dernière, il a parcouru l'Afrique en compagnie de John Savage, ce millionnaire qui, se croyant atteint du cancer, s'est tué de façon tragique. Carstairs connaît le monde entier, l'Afrique Orientale, l'Amérique du Sud, que sais-je encore !

— Voilà au moins un homme qui aime l'aventure.

— Certes, et si simple, si aimable!

Curieuse, cette ressemblance avec le touriste qui est tombé du haut de la falaise à Marchbolt, remarqua Frankie.

— C'est à se demander si nous n'avons pas tous notre sosie.

Frankie se garda par la suite de reparler d'Alan Carstairs ; trop d'insistance eût éveillé des soupçons. Cependant, elle était convaincue que la victime du drame de Marchbolt n'était autre qu'Alan Carstairs. Il remplissait, en effet, toutes les conditions. Comme il n'avait ni amis intimes ni parents dans ce pays, on ne s'apercevrait pas tout de suite de sa disparition. La mort du Canadien, constamment en Afrique ou en Amérique du Sud, ne pouvait être remarquée... En outre, bien que Sylvia eût fait des commentaires sur la ressemblance entre Alan Carstairs et la reproduction, dans les journaux, de la photographie du défunt, il n'était pas venu un instant à l'idée de Mrs Bassington-ffrench qu'il pût s'agir du même homme. Quel était donc le nom des gens qui avaient amené Carstairs au château!... Ah! oui, les Rivington!

Certaine de suivre la bonne piste, Frankie décréta qu'il serait bon de conduire très prudemment son enquête sur Alan Carstairs.

Sa pensée se reporta brusquement sur la phrase énigmatique qui avait été le point de départ de toute l'affaire.

Evans! Qui était Evans? Quel rôle jouait ce personnage dans le drame?

Le meurtrier était-il Roger Bassington-ffrench? Frankie jugeait la chose impossible. Elle accusait plutôt les Cayman, qui représentaient à ses yeux le type même des trafiquants de drogue.

Et cependant, il y avait la photographie!...

Ce soir-là, le docteur Nicholson et sa femme étaient attendus à dîner. Frankie achevait sa toilette, lorsqu'elle entendit le bruit d'une automobile devant la porte d'entrée. Sa fenêtre donnant de ce côté, elle jeta un coup d'œil au dehors.

Un homme de haute stature descendait d'une Talbot bleu foncé.

Frankie rentra vivement sa tête.

Des pensées rapides traversaient son esprit : Carstairs était Canadien, le docteur Nicholson également, et ce dernier conduisait une Talbot bleu foncé... Coïncidences singulières.

Frankie descendit dîner.

Le docteur Nicholson, homme d'une carrure athlétique, semblait peu loquace et s'exprimait d'une voix lente, ce qui donnait de l'importance à ses paroles. Derrière des lunettes aux verres épais, ses yeux, d'un bleu très pâle, brillaient fortement.

Sa femme, une délicieuse créature, très élancée, pouvait avoir vingt-sept ans. Elle paraissait nerveuse et bavardait beaucoup, comme pour dissimuler une gêne ; telle était du moins l'impression de Frankie.

— Vous avez été victime d'un accident, Lady Frances ? s'enquit le docteur Nicholson en s'asseyant à table à côté de Frankie.

Celle-ci s'étonna de son propre embarras pour lui fournir des détails. On eût dit qu'elle voulait se défendre d'une accusation non formulée.

— Vous l'avez échappé belle ! s'exclama le docteur lorsqu'elle eut achevé son récit, plus circonstancié peut-être qu'il n'était nécessaire. Vous vous êtes, en tout cas, remise très vite.

— Oh ! elle n'est pas encore tout à fait bien, intervint Sylvia. Nous la gardons encore ici.

Un pâle sourire effleura les lèvres du médecin.

— Je souhaite que vous la gardiez le plus longtemps possible.

Frankie se trouvait placée entre le maître de maison et le docteur Nicholson. Henry Bassington-ffrench ne se montrait guère brillant ce soir-là ; il touchait à peine aux aliments, et ne prenait aucune part à la conversation.

Mrs Nicholson, assise près de lui, n'arrivait pas à le dérider, aussi causait-elle avec Roger à bâtons rompus ; Frankie remarqua qu'elle ne demeurait pas longtemps sans jeter un coup d'œil vers son mari. Le docteur Nicholson parlait de la vie à la campagne.

— Savez-vous ce qu'est une culture, Lady Frances ?

— Vous voulez dire les études livresques ? demanda Frankie, prise au dépourvu.

— Non, non ! Je fais allusion au développement des germes dans des sérums spécialement préparés. A la campagne, les conditions de l'existence, le temps, l'espace et le loisir sont propices au développement de certains germes moraux.

— Autrement dit des vices ? demanda Frankie interloquée.

— Tout dépend de la qualité du germe cultivé.

« Quelle conversation bizarre, pensait Frankie, et pourquoi ces réflexions saugrenues ont-elles le pouvoir de m'intimider ? »

Elle déclara d'un ton dégagé :

— Alors, je dois être en train de cultiver toutes sortes de mauvais penchants ?

Il la considéra et lui répondit avec calme :

— Oh ! non, je ne le crois pas, Lady Frances. Selon mon opinion, vous demeurerez toujours du côté de l'ordre et de la loi.

Soudain, Mrs Nicholson déclara :

— Mon mari se flatte de déchiffrer les caractères.

Le docteur approuva d'un signe de tête.

— Tu as raison, Moira. De plus, je m'intéresse aux moindres détails. Il se tourna vers Frankie. Dans votre accident, une chose ne laisse pas de m'intriguer...

— Quoi donc ?

Le cœur de Frankie se mit à battre très fort.

— Le médecin qui passait... celui qui vous a amenée ici... Qu'avait-il à faire faire demi-tour à sa voiture avant de vous porter secours ?

— Je ne saisis pas.

— Vous ne pouviez vous en rendre compte, puisque vous étiez évanouie ; mais le jeune Reeves, le porteur de dépêches, descendait de Staverley à bicyclette et aucune voiture ne l'a dépassé. En arrivant au tournant, il voit l'accident et la voiture du médecin tournée dans le sens où lui-même allait... c'est-à-dire vers Londres. Vous suivez mon raisonnement ? Le médecin ne venait pas de Staverley, mais de la direction opposée ; donc il avait descendu la côte et sa voiture aurait dû, par conséquent, filer vers Staverley... Point du tout ! Il faut donc en conclure qu'il lui a fait faire un tour sur elle-même.

— A moins qu'il ne soit venu de Staverley quelque temps auparavant.

— Auquel cas sa voiture stationnait alors que vous dévaliez la colline, et vous l'auriez remarquée.

Les pâles yeux bleus dévisageaient Frankie derrière les grosses lunettes.

— Je ne m'en souviens nullement, répondit Frankie.

— Vous parlez comme un détective, dit Mrs Nicholson à son mari. Tout cela pour un détail sans importance.

— Je vous répète que les détails m'intéressent, appuya le médecin.

Et il se tourna vers Sylvia et lui parla de son fils.

Frankie fut grandement soulagée. Pourquoi l'avait-il questionnée de la sorte ? Qui l'avait renseigné sur les menues péripéties de l'accident ? « Les détails m'intéressent », avait-il déclaré deux fois. Que déduire de cette insistance ?

Frankie se souvint alors de la Talbot bleu foncé et du fait que Carstairs était Canadien. Décidément, le docteur Nicholson lui faisait mauvaise impression.

Après le dîner, elle s'appliqua à l'éviter, et demeura auprès de la jolie et délicate Mrs Nicholson. Durant leur conversation, elle remarqua que la jeune femme regardait constamment son mari.

Nicholson consacra toute la soirée à Sylvia et vers dix heures et demie il regarda sa femme : à ce signal, tous deux se levèrent et prirent congé.

— Eh bien ! dit Roger, une fois les invités partis, que pensez-vous de notre docteur Nicholson ?

— J'avoue partager le goût de Sylvia. Le médecin ne me plaît guère ; je préfère sa femme.

— Elle est jolie, mais un peu sotte. On ne sait si elle adore son époux ou si elle en a une peur bleue...

— C'est exactement la question que je me posais.

— Il m'est antipathique, déclara Sylvia, mais je reconnais que c'est un médecin de valeur. Il a opéré des cures merveilleuses sur des morphinomanes dont le cas était presque désespéré.

— Parlons-en ! s'écria soudain Henry Bassington-ffrench. Savez-vous ce qui se passe dans ces sortes de cliniques ? Êtes-vous au courant des souffrances horribles infligées à ces pauvres malades ? Du jour au lendemain, on leur supprime la drogue... Ils en deviennent fous ! Voilà comment votre fameux médecin torture des malheureux êtres sans défense...

Henry se leva brusquement et quitta le salon.

Sylvia Bassington-ffrench ouvrit de grands yeux terrifiés.

— Qu'a donc Henry ? Il paraît bouleversé.

Frankie et Roger n'osèrent se regarder.

— Il a eu l'air préoccupé pendant toute la soirée, hasarda Frankie.

— Oui, je l'ai bien remarqué. Depuis quelque temps, il est souvent de mauvaise humeur. Je regrette qu'il ne monte plus à cheval. A propos, le docteur Nicholson a invité Tommy pour demain... Cela m'ennuie un peu de voir l'enfant fréquenter cette maison... avec tous ces nerveux et ces intoxiqués...

— J'espère qu'il lui interdit toute relation avec ses malades, remarqua Roger. Par ailleurs, il raffole des enfants.

— Oui, et il est désolé de ne point en avoir. Elle aussi peut-être...

— Si le docteur Nicholson aime tant les enfants, sans doute assistait-il à votre fête enfantine ? demanda Frankie d'un ton très naturel.

— Malheureusement il était absent, une conférence l'ayant appelé à Londres.

Ils allèrent se coucher, mais, avant de s'endormir, Frankie écrivit à Bobby.

CHAPITRE XV

UNE DÉCOUVERTE

Bobby s'ennuyait à mourir, démoralisé par cette inaction forcée.

George Arbuthnot lui avait appris au téléphone, en quelques paroles laconiques, que tout avait bien marché. Deux jours plus tard, une lettre de Frankie lui avait été remise par la femme de chambre de la jeune fille.

Depuis lors, plus de nouvelles.

— Une lettre pour toi! lui cria Badger.

Bobby accourut, mais, sur l'enveloppe, il reconnut l'écriture de son père et le timbre de la poste de Marchbolt.

Cependant, à cet instant même, il aperçut la servante de Frankie qui se dirigeait vers le garage. Elle lui remit une seconde missive, de la jeune fille, cette fois :

« Cher Bobby, disait Frankie, je crois que vous pouvez venir à présent. J'ai donné des instructions à la maison pour qu'on vous confie la Bentley lorsque vous la demanderez. Procurez-vous une livrée de chauffeur : chez nous, c'est toujours du vert sombre. Exposez la situation à mon père ; mieux vaut tout lui dire. Surtout, soignez votre moustache ; bien appliquée, elle transforme du tout au tout la physionomie.

« En arrivant ici, demandez à me voir. Vous pourrez ostensiblement porter à la main une lettre de mon père. Annoncez-moi que la voiture est de nouveau en bon état. Le garage, ici, ne contient que deux places ; et comme elles sont déjà prises par la limousine familiale et la petite voiture de Roger Bassington-ffrench, il vous faudra loger à Staverley et y garer la voiture.

« Là, renseignez-vous sur un certain docteur Nicholson qui tient une maison de santé pour morphinomanes. J'ai découvert plusieurs circonstances suspectes en ce qui le concerne : il possède une Talbot bleu sombre, il était absent de chez lui le 16, jour où l'on a drogué votre bière ; de plus, il s'intéresse outre mesure aux détails de mon accident.

« Je crois avoir identifié le mort !!!

« Au revoir, mon cher associé.

« Amitiés de la blessée extrêmement bien portante.

« FRANKIE. »

« *P.-S.* — Je mets moi-même cette lettre à la poste et vous l'envoie par l'entremise de ma femme de chambre. »

La lecture de ce message transporta Bobby de joie.

Sans plus attendre, il enleva sa salopette et annonça son départ à Badger. Dans sa hâte, il avait oublié de lire la lettre de son père. S'en souvenant brusquement, il ouvrit l'enveloppe sans grand enthousiasme. Les lettres du pasteur dégageaient une atmosphère de résignation chrétienne plutôt déprimante.

Le pasteur lui donnait des nouvelles de la vie quoti-
dienne à Marchbolt, se plaignait de son organiste et
s'étendait sur l'esprit antichrétien d'un de ses mar-
guilliers. Il émettait le souhait que son fils s'efforçât
d'aimer son travail et se comportât en homme, et
restait pour toujours son père affectionné.

Un post-scriptum suivait :

« Quelqu'un est venu ici demander ton adresse à
Londres. Je me trouvais absent et il n'a pas laissé son
nom. Mrs Robert dit que c'est un homme grand et
voûté, avec un pince-nez. Il avait l'air navré de ne
point te rencontrer et tient à te voir le plus tôt
possible. »

Un homme grand, voûté, avec un pince-nez ! Bobby
repassa dans sa mémoire la liste de tous ses amis et
connaissances : aucun ne répondait à ce signalement.

Soudain, un soupçon traversa son esprit. Ses mystérieux ennemis essayaient-ils de le retrouver ? Dans ce
cas, comme Mrs Roberts leur avait communiqué sa
nouvelle adresse, ils pouvaient déjà monter la garde
autour du garage. S'il sortait, il serait suivi... et, en ce
moment, ce serait risquer gros.

— Badger ! appela Bobby.

— Qu'y a-t-il, mon vieux ?

— Approche !

Pendant cinq minutes, Bobby lui rabâcha ses
instructions, jusqu'à ce que l'autre les sût par cœur.

Alors, seulement, Bobby monta dans une Fiat à
deux places d'un modèle datant de 1902 et partit à
toute allure dans l'avenue.

Il parqua la Fiat dans Saint James Square et de
là gagna son club, d'où il envoya quelques coups de
téléphone et où, deux heures plus tard environ,
plusieurs colis furent livrés à son nom. Enfin, vers
trois heures et demie, un chauffeur en livrée vert

sombre se rendit à pied à Saint James Square et alla
tout droit vers une énorme Bentley qui se trouvait là
depuis une demi-heure. Le gardien du parc d'autos le
salua : la personne qui avait laissé la voiture l'avait
averti, en bégayant un tantinet, que son chauffeur
viendrait sous peu la chercher.

Bobby sortit sans encombre de Saint James Square,
tandis que la Fiat abandonnée attendait en vain son
propriétaire. Malgré le léger tiraillement de sa lèvre
supérieure, Bobby débordait de joie. Au lieu de filer
tout de suite au sud, il prit la direction contraire.

Ce n'était là qu'un surcroît de précautions. Quasi
certain qu'on ne le suivait pas, il tourna bientôt à
gauche et prit la route de Hampshire.

Au moment où l'on venait de servir le thé à Merroway, une grosse Bentley s'engagea dans l'allée avec
un chauffeur raide et compassé au volant.

— Tiens! dit Frankie, voici ma voiture.

Elle se rendit à la porte d'entrée.

— Bonjour, Hawkins, tout va bien?

Le chauffeur porta la main à sa casquette.

— Oui, milady. L'auto est complètement remise en
état.

— C'est parfait.

Le chauffeur tendit une enveloppe à Frankie.

— Voici de la part de Sa Seigneurie, milady.
Frankie prit la lettre.

— Vous louerez une chambre... à l'auberge des
Pêcheurs à la Ligne, à Staverley, Hawkins. Demain
matin, je vous donnerai un coup de téléphone, si
j'ai besoin de la voiture.

— Bien, milady.

Bobby salua, fit demi-tour et descendit l'allée.

— Quel dommage que la place nous manque au
garage! dit Sylvia. Quelle superbe voiture!

— Avec ça, on peut faire de la vitesse, remarqua Roger.

L'expression de Roger demeurait impassible. Le contraire eût étonné Frankie. Elle-même n'eût point reconnu Bobby si elle l'avait rencontré par hasard. La petite moustache semblait si naturelle, qu'ajoutée à l'allure raide, si peu habituelle chez le vrai Bobby, elle complétait à merveille le déguisement.

De plus, Bobby avait changé le ton de sa voix, et Frankie inclinait à croire que le jeune homme possédait plus de talent qu'elle lui en accordait d'ordinaire.

Bobby s'était installé à l'auberge des Pêcheurs à la Ligne.

Il lui appartenait à présent de jouer le rôle d'Édouard Hawkins, chauffeur de Lady Frances Derwent.

Bobby ignorait tout de la conduite des chauffeurs dans la vie privée. Toutefois, il s'imagina qu'une certaine morgue était de mise et agit en conséquence. Les regards admiratifs des jeunes servantes de l'auberge l'encouragèrent dans cette voie. Il ne tarda pas à découvrir que, pour le moment, l'accident de Frankie constituait un des principaux sujets de conversation à Staverley.

Bobby se montra moins hautain envers le propriétaire de l'auberge et permit à ce brave homme de lui parler de l'affaire.

— Le jeune Beaves se trouvait là ; il fut témoin de l'accident, déclara Mr Askew.

Bobby bénit la propension naturelle des jeunes à l'exagération. Le fameux accident se trouvait ainsi certifié par un témoin oculaire.

— Le garçon croyait sa dernière heure venue. L'auto descendait droit sur lui, mais, au lieu de l'écraser, elle alla se briser contre le mur. La jeune demoiselle peut s'estimer heureuse de n'avoir pas été tuée sur le coup.

— Oh! plus d'une fois elle a vu la mort de près, dit Bobby.

— Pas possible! Elle a donc déjà été plusieurs fois victime d'accidents?

— Elle s'en est toujours très bien tirée. Ah! monsieur Askew, si vous saviez comme je tremble chaque fois que milady prend le volant! Je crois toujours que je vais passer dans l'autre monde.

Les personnes présentes hochèrent la tête d'un air entendu.

— Monsieur Askew, vous avez une ravissante auberge, dit Bobby plein de condescendance; c'est joli et bien tenu.

Mr Askew eut un sourire épanoui.

— Est-ce que le château de Merroway est la seule grande résidence du pays? demanda Bobby.

— Nous avons aussi « La Grange », monsieur Hawkins. Ce n'est pas, à proprement parler, une résidence; elle n'est point habitée par une famille. Non, elle est même restée vide quelques années durant, jusqu'à l'arrivée de ce médecin américain

— Un médecin américain?

— Oui... Mr Nicholson. Et, si vous voulez m'en croire, monsieur Hawkins, il se passe de drôles de choses dans cette maison.

Une jeune servante affirma que le docteur Nicholson lui donnait la chair de poule.

— Vous dites qu'il se passe de drôles de choses à « La Grange », monsieur Askew? Qu'entendez-vous par là?

Mr Askew baissa la voix.

— Plusieurs des pensionnaires y sont enfermés

contre leur gré... Des gens dont les familles se débarrassent. Croyez-moi, monsieur Hawkins, cela vous fend le cœur d'entendre les gémissements et les cris des malheureux internés.

— Pourquoi la police n'intervient-elle pas?

— Il paraît que c'est légal... Ce médecin américain soigne les maladies de nerfs et les fous inoffensifs...

— Ah! si l'on savait les drames qui se déroulent dans ces maisons de santé!... dit Bobby d'une voix grave.

La servante apporta des pots de bière et donna son propre point de vue.

— C'est bien ce que je pense, monsieur Hawkins. Il doit s'en passer de belles là-dedans! Une nuit, une de ces malheureuses s'échappa en chemise... le médecin et deux infirmières se mirent à sa recherche. « Empêchez-les de me reprendre! » hurlait-elle. Sa famille l'avait enfermée là pour accaparer sa fortune. On la ramena et le médecin nous expliqua que cette femme avait la manie de la persécution...

— Ah! s'écria Mr Askew, c'est facile à dire...

Quelqu'un d'autre déclara qu'il faudrait connaître avant tout la vraie manière de traiter cette maladie, et tous furent d'avis que ces genres de maisons de santé constituaient une honte sociale.

Enfin, Bobby annonça son intention de faire un tour avant d'aller se coucher.

Il savait que « La Grange » se trouvait à l'autre bout du village, du côté opposé au château de Merroway; il dirigea ses pas dans cette direction. Les propos qu'il avait entendus ce soir-là valaient la peine d'une petite enquête. Il jugea prudent de n'en pas croire la moitié. Si Nicholson tenait une maison de santé destinée aux malades s'adonnant à la drogue, rien d'étonnant qu'on entendît des cris et des gémissements ; cependant, l'histoire de la jeune femme échappée impressionnait Bobby de façon pénible.

« La Grange » était-elle réellement un endroit où l'on enfermait de force les gens ? Un certain nombre d'authentiques patients pouvaient y être traités comme trompe-l'œil.

A ce point de ses réflexions, Bobby arriva devant un mur très élevé et vit une grille en fer forgé. Il s'approcha et tourna doucement la poignée. La porte était fermée à clef. Après tou⁺ pourquoi pas ? Cependant, il eut l'impression de se trouver devant l'entrée d'une prison.

Il fit encore quelques pas sur la route, mesurant du regard le mur. Serait-ce possible d'y grimper ? Le mur, très lisse, ne présentait aucune aspérité ni crevasses propices.

Soudain, Bobby aperçut une petite porte. Sans grand espoir, il tenta de l'ouvrir. A sa surprise, elle céda.

« Un oubli, sans doute », songea Bobby.

Il se glissa à l'intérieur de la propriété et ferma doucement la porte derrière lui.

Il longea une allée sinueuse qui traversait une charmille et, brusquement, débouchait sur un espace découvert, à proximité de la maison. Il faisait une nuit splendide et Bobby avançait sous la pleine clarté lunaire.

Une femme apparut au coin de la maison. Elle marchait avec précaution, regardant à droite et à gauche, de l'allure furtive d'un bête traquée, du moins Bobby le crut. Bientôt, elle s'arrêta net et vacilla comme si elle allait tomber.

Bobby se précipita pour la recevoir entre ses bras. Elle était blême et semblait épouvantée.

Bobby s'efforça de la rassurer :

— Ne craignez rien. Je veille sur vous.

La jeune femme poussa un faible soupir.

— J'ai peur, murmura-t-elle.

— Peur de quoi? demanda Bobby.

Elle ne fit que répéter :

— J'ai peur? J'ai peur!

Soudain, comme si elle avait entendu un pas, elle s'éloigna de Bobby.

— Partez! Partez vite!

— Je voudrais vous secourir.

— Est-ce vrai?

Puis elle hocha la tête :

— Personne ne peut me venir en aide.

— Je vais essayer. Dites-moi ce qu'il faut faire. Pourquoi ces frayeurs?

— Je ne puis vous répondre. Partez vite. Les voilà qui viennent. Si vous désirez me rendre service, partez tout de suite!

Bobby céda à sa prière.

— Je loge à l'auberge des Pêcheurs, dit-il à voix basse avant de s'enfoncer dans le sentier.

Il entendit des pas devant lui. Quelqu'un entrait par la petite porte. Bobby se dissimula dans les feuillages.

Un homme passa en le frôlant, mais il faisait trop sombre dans la charmille pour qu'il pût distinguer ses traits.

Quand l'homme eut passé, Bobby poursuivit son chemin, comprenant que, du moins pour cette nuit, il ne pouvait faire davantage.

Les pensées tourbillonnaient dans sa tête.

Il avait reconnu la femme... sans aucun doute possible.

C'était l'original de la photo disparue si mystérieusement!

CHAPITRE XVI

BOBBY DEVIENT AVOCAT

— Monsieur Hawkins?

— Oui, répondit Bobby qui déjeunait.

— On vous demande au téléphone.

Bobby but une gorgée de café, s'essuya les lèvres et se leva. Le téléphone était installé dans un petit couloir obscur. Il prit le récepteur.

— Allô, disait la voix de Frankie.

— Allô, Frankie! répondit la voix de Bobby.

— C'est Lady Frances Derwent qui vous parle, répliqua la voix d'un ton glacial. C'est vous, Hawkins?

— Oui, milady.

— J'aurai besoin de la voiture à dix heures pour me rendre à Londres.

— Bien, milady.

Bobby raccrocha le récepteur.

A l'autre bout du fil, Frankie, ayant également replacé le récepteur, se tourna vers Roger Bassington-french, et déclara :

— Quelle barbe d'aller à Londres aujourd'hui! Papa ne changera donc jamais!

— Mais vous revenez ici ce soir?

— Oui.

— J'étais sur le point de vous demander si vous vouliez me prendre dans votre voiture, dit Roger.

Frankie hésita une seconde avant de formuler sa réponse... avec une apparence de spontanéité.

— Mais, certainement.

Roger réfléchit.

— Réflexion faite, je n'irai pas à Londres aujourd'hui. Henry paraît plus bizarre que d'habitude et je ne voudrais pas laisser Sylvia seule avec lui.

— Je comprends, dit Frankie.

— Conduisez-vous la Bentley? s'enquit Roger, comme ils s'éloignaient du téléphone.

— Oui, mais j'emmène mon chauffeur. Je dois faire quelques courses dans les magasins, et c'est assommant lorsqu'on conduit soi-même. On ne peut laisser la voiture n'importe où.

— Évidemment.

Au moment de partir, elle tendit sa main à Roger ; il la saisit et la garda un moment dans la sienne.

— Vous reviendrez ce soir, n'est-ce pas? demanda t-il avec insistance.

Frankie éclata de rire.

— Bien sûr!

— Surtout n'ayez pas d'autres accidents.

— Je laisserai Hawkins tenir le volant si vous le désirez.

Elle sauta à côté de Bobby, qui porta la main à sa casquette.

La Bentley descendit l'allée et Roger, debout sur le perron, la regarda s'éloigner.

— Bobby, demanda Frankie, croyez-vous possible que Roger s'amourache de moi?

— Il est amoureux de vous? demanda Bobby, distraitement.

Frankie lui jeta un coup d'œil à la dérobée.

— Avez-vous quelque chose à me raconter ? lui demanda-t-elle.

— J'ai découvert l'original de la photographie.

— Vous voulez dire... la photo dont vous parliez tant... et qui se trouvait dans la poche du mort ?

— Oui.

— Bobby! Moi aussi, j'ai du nouveau à vous apprendre, mais rien d'aussi sensationnel. Où est cette dame ?

— Dans la maison de santé du docteur Nicholson.

— Comment le savez-vous ?

Bobby relata les événements de la veille au soir. Frankie écoutait, frémissante d'intérêt.

— Nous suivons donc la bonne piste! s'exclamat-elle. Et le docteur Nicholson est mêlé à cette histoire. Bobby, cet homme me fait peur.

— Comment est-il ?

— Oh! d'une stature imposante... et il vous scrute derrière ses lunettes. Il vous donne l'impression de connaître votre vie entière.

— Quand l'avez-vous rencontré ?

— Il est venu dîner à Merroway.

Elle raconta les péripéties de ce dîner et parla de l'insistance avec laquelle le docteur Nicholson parla de l'accident.

— Je crois bien qu'il soupçonne quelque chose, conclut-elle.

— Son souci des détails de l'accident paraît tout au moins singulier, dit Bobby. Voyons, Frankie, qui, à votre avis, est au fond de toute cette affaire ?

— Je me rangerais presque à votre première idée : une bande de trafiquants de stupéfiants...

— Avec le docteur Nicholson comme chef ?

– – Oui. Cette maison de santé serait un trompe-l'œil ingénieux, lui permettant d'avoir légalement chez lui une ample provision de drogues ; tout en prétendant guérir des intoxiqués, il entretiendrait leur vice.

— Tout cela semble assez plausible, acquiesça Bobby.

— Je ne vous ai pas encore parlé d'Henry Bassington-ffrench.

Bobby écouta avec attention le signalement donné par Frankie de son hôte. Elle le mit aussi au courant des sautes d'humeur du morphinomane.

— Sa femme ignore tout ?

— Oui. J'en suis sûre.

— Quel genre de personne ? Intelligente ?

— D'intelligence plutôt moyenne... et pourtant à certains points de vue, elle semble très fine. En somme une femme simple et franche.

— Et notre Bassington-ffrench ?

— Celui-là m'intrigue. Bobby, serait-il possible que nous nous fussions grossièrement trompés à son sujet ?

— Non, je vous le répète. Dès le début, nous avons décelé sa traîtrise.

— A propos de la photo ?

— Parfaitement. Lui seul a pu glisser la photo de Mrs Cayman à la place de l'autre.

— Je le sais, dit Frankie. Mais, à part cela, rien à lui reprocher.

— N'est-ce pas suffisant ?

— Évidemment. Et pourtant... Écoutez, Bobby, j'ai l'intuition que cet homme est innocent... qu'il n'est point du tout mêlé à cette affaire.

Bobby lui répondit froidement :

— Est-ce lui qui est amoureux de vous, ou vous qui êtes entichée de lui ?

Frankie piqua un léger fard.

— Vous êtes absurde, Bobby. Je me demandais s'il n'y avait pas une explication plus simple à cette substitution de photographies, voilà tout.

— Je n'en discerne aucune... surtout depuis que nous avons découvert la présence de la jeune personne dans le voisinage. Si au moins nous possédions quelques renseignements sur le défunt...

— Mais j'en ai! Comme je vous l'écrivais dans ma lettre, je suis presque certaine qu'il s'agit d'Alan Carstairs.

Elle se lança dans une longue explication.

— Nous progressons, en effet, dit Bobby. A présent, essayons de reconstituer le crime. Énumérons les faits pour essayer de définir à quel point nous en sommes.

Il se tut un moment, puis appuya sur l'accélérateur et reprit la parole :

— Tout d'abord, admettons que vous êtes dans le vrai au sujet d'Alan Carstairs. Il remplit certes les conditions : il a mené une vie aventureuse, il ne possédait que peu de relations en Angleterre, et sa disparition devait passer quasi inaperçue. Jusque-là, tout va bien. Alan Carstairs vient à Staverley en compagnie de ces gens... comment s'appellent-ils donc?

— Rivington. Voilà, je crois, une piste à suivre.

— Nous y penserons, assura Bobby. Carstairs se rend donc à Staverley avec les Rivington. Cela ne vous dit rien?

— Supposez-vous qu'il eût demandé à ses amis de l'amener à Staverley?

— Peut-être. Ou bien les Rivington l'ont invité et, par hasard, il a vu cette jeune femme comme le fait s'est produit pour moi-même? Il devait la connaître auparavant, sans quoi il n'aurait pas porté sur lui sa photographie.

— A moins qu'il ne fût déjà sur la piste de Nicholson et de sa bande, remarqua Frankie.

— Et ne se soit servi des Rivington pour s'introduire dans cette région.

— Éventualité encore possible, admit Frankie. Il pouvait être sur les traces de la bande.

— Ou simplement sur celles de la jeune femme.

— La jeune femme ?

— Oui. Carstairs est peut-être venu en Angleterre pour la rechercher.

— Bien, Bobby. Mais s'il l'a retrouvée à Staverley, que venait-il faire dans le pays de Galles ?

— De toute évidence, nous ignorons encore beaucoup de choses.

— Evans... prononça Frankie d'un air rêveur. Nous ne savons rien d'Evans.

Pendant quelques minutes, ils se turent. Soudain Frankie s'aperçut de l'endroit où ils roulaient.

— Nous voici déjà à Putney Hill. Il me semble qu'il y a tout juste cinq minutes que nous sommes partis. Où allons-nous et que décidons-nous ?

— A vous de me l'apprendre ! J'ignore même pourquoi nous venons à Londres.

— Ce voyage n'était qu'un prétexte pour me permettre de causer avec vous. Je ne pouvais risquer d'être surprise en conversation avec mon chauffeur dans les chemins creux de Staverley. Il s'en est fallu de peu que Roger Bassington-ffrench gâtât tout.

— Sa compagnie nous eût fort embarrassés.

— Pas tellement. Nous l'aurions laissé là où il désirait se rendre, puis nous serions allés à Brook Street pour discuter. C'est d'ailleurs ce qu'il nous reste de mieux à faire, car votre garage doit être surveillé.

Bobby acquiesça et apprit à Frankie qu'un inconnu était venu le demander à Marchbolt.

— Allons chez moi, dit Frankie. Il n'y a là personne, sauf ma femme de chambre et un ménage de gardiens.

Ils se rendirent à l'hôtel particulier des Derwent, dans Brook Street. Frankie sonna. On vint lui ouvrir. Elle entra, laissant Bobby dans l'auto. Bientôt elle reparut et fit signe à Bobby de la suivre à l'intérieur. Ils montèrent au grand salon, où ils ouvrirent les volets et enlevèrent la housse des sofas.

— J'ai oublié de vous confier quelques détails, Bobby. Le 16, date de votre empoisonnement, Bassington-ffrench se trouvait à Staverley, mais Nicholson était absent... Il assistait à une conférence à Londres, paraît-il. Et, ne l'oubliez pas, sa voiture est une Talbot bleu sombre.

— En outre, il peut se procurer de la morphine.

— Ce ne sont pas là des preuves absolues, observa Frankie, mais tout de même des coïncidences frappantes.

Elle se dirigea vers une petite table et revint avec un annuaire du téléphone.

— Que faites-vous ? lui demanda Bobby.

— Je cherche le nom de Rivington.

Rapidement, elle tournait les pages.

— A. Rivington et fils, entrepreneurs ; B. A. G. Rivington, chirurgien-dentiste ; D. Rivington... non, miss Florence Rivington, colonel H. Rivington... Ce serait plutôt celui-ci... Tite Street. Chelsea.

Elle poursuivit :

— Voici un M. R. Rivington, Onslow Square... et un William Rivington à Hampstead. Mais j'inclinerais plutôt pour les Rivington de Tite Street et d'Onslow Square. Allons les voir sans tarder.

— Parfait. Mais que leur dire ? Frankie, inventez un ou deux jolis mensonges. Je ne vaux rien à ce petit jeu-là.

Frankie réfléchit un instant.

— Il faudra vous charger de cette visite, Bobby. Croyez-vous pouvoir assumer le rôle d'un jeune associé d'une étude d'avoué ?

— Voilà du moins un rôle convenable, approuva Bobby. Je craignais que vous ne me demandiez pis. Cependant, d'ordinaire, les gens de loi ne se dérangent pas en personne. Ils écrivent et donnent rendez-vous à leurs clients dans leur cabinet de travail.

— Notre étude sort de l'ordinaire. Attendez une minute.

Elle quitta la pièce et revint tenant une carte.

— Mr Frédéric Spragge, dit-elle, tendant le bristol à Bobby. Vous êtes le jeune représentant de l'étude Spragge, Jenkinson et Spragge, de Bloomsbury Square.

— Avez-vous inventé cette firme, Frankie ?

— Pas du tout. Ce sont les avoués de papa.

— Et s'ils me poursuivent pour faux et usage de faux ?

— Pas de danger. D'abord, il n'y a pas de jeune Spragge. L'unique Spragge du nom doit être septuagénaire et me témoigne une vive amitié. S'il y a des histoires, je m'arrangerai avec lui.

— Et les vêtements ? Faut-il téléphoner à Badger de m'en apporter ?

Frankie hésita quelques secondes.

— Je me demande s'il ne serait pas préférable, en la circonstance, de faire appel à la garde-robe de papa ? Vous êtes à peu près de la même taille que lui.

Un quart d'heure plus tard, Bobby vêtu d'un

veston noir et d'un pantalon à rayures d'une coupe parfaite et qui lui allaient passablement bien, s'examinait dans la glace de lord Marchington.

— Votre père s'habille à ravir, dit Bobby. Soutenu moralement par cette ancienne firme d'avoués dont vous me nommez d'office l'associé, je déborde d'assurance.

— Sans doute faudra-t-il conserver votre moustache ?

— Elle ne veut plus me quitter, observa Bobby. D'ailleurs, cette œuvre d'art ne pourrait être refaite à la hâte.

— Ne l'enlevez donc pas... encore qu'à mon avis un visage glabre conviendrait mieux pour un homme de loi.

— En tout cas, je la préfère à une barbe. Dites donc, Frankie, votre père pourrait-il me prêter un chapeau ?

CHAPITRE XVII

Mrs RIVINGTON RACONTE

Avant de quitter le salon, Bobby hésita :

— Et si ce M. R. Rivington, d'Onslow Square était lui-même avoué ? Quelle gaffe !

— Essayez d'abord le colonel de Tite Street, lui conseilla Frankie. Il ne doit pas connaître les usages des avoués.

Bobby prit un taxi pour Tite Street. Le colonel était sorti, mais Mrs Rivington se trouvait chez elle. Bobby remit à une accorte servante la carte où ces mots étaient tracés : « De la part de Messrs, Spragge, Jenkinson et Spragge. Très urgent. »

Le bristol et le costume de lord Marchington produisirent leur effet sur la femme de chambre. Bobby fut introduit dans un salon aux meubles magnifiques et bientôt Mrs Rivington, habillée avec élégance par un grand couturier, le visage artistement maquillé, se présenta.

— Madame, excusez-moi de vous déranger, mais l'objet de ma visite étant très urgent, nous avons voulu éviter les délais de correspondance.

Qu'un avoué désirât éviter les retards de corres-

pondance parut si peu probable à Bobby, qu'il regretta
ces paroles une fois prononcées et se demanda si
Mrs Rivington accepterait son prétexte.

Mrs Rivington, femme d'un esprit superficiel,
prenait pour argent comptant tout ce que le premier
venu voulait bien lui raconter.

— Asseyez-vous, je vous prie, monsieur. Je viens
à l'instant de recevoir un coup de téléphone de l'étude
m'annonçant votre visite.

En son for intérieur, Bobby félicita Frankie de
cette ingénieuse idée.

Il s'assit et s'efforça de prendre une attitude juri-
dique.

— Il s'agit de notre client, Mr Alan Carstairs.

— Ah ?

— Il vous a peut-être dit que nous nous occupions de ses intérêts ?

— Ah ! c'est bien possible, prononça Mrs Rivington, écarquillant ses grands yeux bleus. En tout
cas, je vous connais. N'est-ce pas vous qui avez défendu
Dolly Maltravers lorsqu'elle tua cet horrible couturier ?
Vous devez savoir tous les détails...

Elle le considérait avec une curiosité non feinte.
Bobby comprit que Mrs Rivington, très impressionnable, tomberait facilement dans le panneau.

— Nous savons maintes choses qui ne parviennent
jamais aux oreilles du tribunal, répondit-il en souriant.

— Oh ! je pense bien ! Alors, dites-moi, est-il
bien vrai qu'elle était habillée comme le déclarait
le témoin ?

— Au tribunal, on a prétendu que c'était faux.

— Je comprends...

Mrs Rivington nageait dans le ravissement.

Constatant qu'il était maître de la situation, Bobby
aborda le sujet qui l'amenait.

— Vous savez peut-être que Mr Carstairs a quitté brusquement l'Angleterre ?

Mrs Rivington hocha la tête.

— Ah ! bah ! Je l'ignorais. Il y a longtemps que nous ne l'avons vu.

— Vous a-t-il dit combien de temps il comptait rester dans ce pays ?

— Il pouvait y demeurer une semaine ou deux, aussi bien que six mois ou un an.

— Où était-il descendu ?

— A l'hôtel Savoy.

— Quand l'avez-vous vu la dernière fois ?

— Il y a environ trois semaines, un mois. Je ne me souviens pas au juste.

— L'avez-vous amené un jour à Staverley ?

— Certainement. Il me semble même que c'est la dernière fois que nous l'avons rencontré. Il nous téléphona pour nous demander quand il pourrait nous rendre visite. Il venait d'arriver à Londres. Mon mari était fort ennuyé, car le lendemain nous partions pour l'Écosse et, ce jour-là même, nous déjeunions à Staverley avec les Bassington-ffrench. Le soir, nous devions dîner chez des gens dont nous ne pouvions refuser l'invitation. Hubert, désirant à tout prix voir Castairs, qui est un de ses grands amis, je lui dis : « Pourquoi n'emmènerions-nous pas Castairs avec nous chez les Bassington-ffrench ? » C'est ce que nous avons fait et, naturellement, tout le monde était enchanté.

— Vous a-t-il donné les raisons de son voyage en Angleterre ?

— Non... Ah ! si ! C'était à propos de son ami, le millionnaire qui est mort de façon si tragique. Un médecin lui ayant révélé qu'il était atteint du cancer il s'est suicidé. Il eût mieux valu laisser ignorer au malade la nature de sa maladie, d'autant plus que les médecins peuvent se tromper. Ainsi, le nôtre soignait ma fillette pour la rougeole et en fin de compte elle avait simplement des boutons de chaleur. J'ai dit à Hubert que j'allais changer de médecin.

Sans attacher d'importance à l'opinion de Mrs Rivington sur les médecins, Bobby revint à ses moutons.

— Mr Carstairs connaissait-il intimement les Bassington-ffrench ?

— Non, mais je crois qu'ils lui étaient sympathiques. Pourtant, il se montra taciturne durant le retour... Peut-être quelque chose l'avait-il choqué dans la conversation. C'est un Canadien, vous savez, et les Canadiens sont très susceptibles.

— S'est-il promené dans les environs ?

— Pas du tout.

— Y avait-il d'autres invités chez les Bassington-ffrench ? A-t-il rencontré des gens du voisinage ?

— Non, il n'y avait que nous et eux-mêmes. Mais, attendez... je me rappelle...

— Quoi ?

— Qu'il a posé nombre de questions sur des personnes habitant dans les parages.

— Comment s'appellent-elles ?

— Je ne m'en souviens plus. Lui est un médecin, ou quelque chose de ce genre.

— Le docteur Nicholson ?

— Oui... c'est ce nom-là. Carstairs demanda toutes sortes de détails sur la femme de ce médecin et voulut savoir depuis quand ils étaient installés dans le pays. Cela me parut assez drôle, attendu qu'il ne les connaissait ni d'Ève ni d'Adam et que la curiosité est son moindre défaut. Peut-être, après tout, songeait-il simplement à alimenter la conversation.

Bobby se rangea à cet avis et désira savoir comment

on était venu à parler des Nicholson. Mais Mrs Rivington fut incapable de le renseigner. Elle était sortie dans le jardin en compagnie de Roger Bassington-ffrench et, à leur retour, ils avaient trouvé les autres discutant au sujet des Nicholson.

— Quels renseignements voulez-vous donc avoir sur le compte de Mr Carstairs ?

— Je désirerais connaître son adresse. Comme vous le savez, nous nous occupons de ses intérêts et nous avons reçu un câble de New York nous informant que le dollar subit de sérieuses fluctuations actuellement... Nous voudrions lui demander ses instructions... Il a omis de nous laisser son adresse... L'ayant entendu dire que vous comptiez parmi ses amis, nous avons pensé que vous pourriez avoir de ses nouvelles.

— Je comprends. Mais il ne nous a pas écrit...

— Madame, je m'excuse d'avoir abusé ainsi de vos instants, dit Bobby en se levant.

— Pas du tout ! Pas du tout !....

« Tout va bien, pensa le jeune homme en descendant Tite Street. Cette charmante écervelée de Mrs Rivington ne se doutera jamais pourquoi je me suis rendu chez elle, alors qu'il m'eût été si simple de téléphoner pour demander l'adresse de leur ami Carstairs. »

De retour dans Brook Street, Bobby et Frankie, examinèrent la situation sous toutes ses faces.

— Seul le hasard, semble-t-il, a conduit Carstairs chez les Bassington-ffrench, dit Frankie d'un air pensif.

— Je le sais. Mais, une fois là, une remarque quelconque a attiré son attention sur les Nicholson.

— Ainsi, Nicholson serait au fond de tout ce mystère et non les Bassington-ffrench ?

Bobby la regarda.

— Vous tenez par-dessus tout à innocenter votre héros, observa-t-il d'un ton glacial.

— Mon cher, je ne fais qu'interpréter votre rapport. C'est en entendant parler de Nicholson et de sa maison de santé que Carstairs s'est ému. Et c'est tout bonnement le hasard, admettez-le, qui l'a introduit dans la demeure des Bassington-ffrench.

— On le dirait, en effet.

— Pourquoi : « on le dirait » ?

— Parce que je discerne une autre explication. Carstairs a pu découvrir que les Rivington se rendaient ce jour-là chez les Bassington-ffrench soit au cours d'une conversation, soit par une phrase surprise au restaurant du Savoy. Il leur téléphone, veut absolument les voir, et l'événement qu'il escomptait se produit. Ses amis sont très pris, mais tiennent tant à sa compagnie qu'ils décident de l'emmener au pays de Galles. Les Bassington-ffrench ne s'en formaliseront pas, et tout se passe selon ses prévisions.

— C'est possible. Mais c'est une méthode bien hasardeuse.

— Pas plus hasardeuse que celle que vous avez suivie pour votre accident.

— Mon accident tenait de la manière forte et directe.

Bobby se dépouilla des vêtements de Lord Marchington et les replaça là où il les avait trouvés ; puis il endossa de nouveau sa livrée de chauffeur et, une fois de plus, ils reprirent la route de Staverley.

— Si Roger s'est épris de ma personne, dit Frankie d'un ton sérieux, il sera heureux de me voir si vite de retour. Il croira que je ne puis souffrir d'être séparée de lui.

— C'est la pure vérité. Ne prétend-on point que les pires criminels possèdent un attrait irrésistible ?

— Je ne puis croire à sa culpabilité.

— Vous ne sauriez tout de même oublier la photo.

Frankie haussa les épaules.

Bobby monta l'allée du parc de Merroway bouche cousue. Devant le perron, Frankie sauta de la voiture et rentra dans la maison sans jeter un regard en arrière. Bobby s'éloigna.

Tout était plongé dans le silence. Un coup d'œil à la pendule apprit à Frankie qu'il était deux heures et demie.

— Ils ne m'attendent pas si tôt, pensa la jeune fille. Où peuvent-ils bien être ? »

Elle ouvrit la porte de la bibliothèque et entra, mais s'arrêta brusquement sur le seuil.

Le docteur Nicholson, assis sur le sofa, tenait les deux mains de Sylvia Bassington-ffrench dans les siennes.

Sylvia se leva d'un bond et traversa la pièce dans la direction de Frankie.

— C'est horrible ! Il m'a tout appris ! lança-t-elle d'une voix étranglée.

Elle cacha son visage entre ses mains et sortit en courant.

Le docteur Nicholson s'était levé. Frankie fit un pas vers lui. Leurs regards se croisèrent.

— Pauvre femme ! soupira-t-il. Le coup a été terrible !

Les coins de sa bouche se tordirent, et un instant. Frankie crut qu'il riait, quand soudain elle devina chez cet homme une émotion toute différente.

Il contenait sa colère sous un masque de courtoisie indifférente, mais ne parvenait point à la dissimuler tout à fait.

— Mieux valait que Mrs Bassington-ffrench connût toute la vérité. Je voudrais qu'elle persuade son mari de se confier à moi.

— Je crains de vous avoir dérangé, dit Frankie.

Et, après une pause, elle ajouta :

— Je suis rentrée plus tôt que je ne pensais.

CHAPITRE XVIII

L'ORIGINAL DE LA PHOTOGRAPHIE

A son retour à l'auberge, Bobby fut informé qu'une personne l'attendait.

— C'est une dame. Vous la trouverez dans le petit salon de Mr Askew.

Bobby s'y rendit, légèrement perplexe. A moins qu'il ne lui eût poussé des ailes, il ne voyait pas comment Frankie aurait pu arriver avant lui à l'auberge des Pêcheurs à la Ligne, et jamais il ne lui serait venu à l'idée que la visiteuse pût être une autre que son amie d'enfance.

Il ouvrit la porte de la petite pièce que Mr Askew se réservait. Toute droite sur le bord d'un fauteuil se tenait assise une jeune femme svelte, vêtue de noir : l'original même de la photographie.

Bobby en demeura bouche bée. Puis il remarqua chez la jeune femme une nervosité telle qu'elle ne pouvait prononcer une parole. Ses mains tremblantes se fermaient et s'ouvraient alternativement sur le bras du fauteuil.

— Ah! c'est vous! dit enfin Bobby.

Il ferma la porte derrière lui et s'approcha de la table.

La jeune femme conservait son mutisme et continuait de fixer Bobby de ses grands yeux terrifiés.

Enfin, elle prononça à voix basse :

— Ne m'avez-vous pas promis... de m'aider ? Peut-être aurais-je mieux fait de... ne pas venir...

A cet instant, Bobby l'interrompit ; il recouvra soudain de l'assurance.

— Je vous félicite, au contraire, d'être venue me trouver et je suis prêt à faire tout au monde pour vous aider. Calmez-vous. Ici vous êtes en sûreté.

Les joues de la jeune femme se colorèrent légèrement.

— Qui êtes-vous ? Vous... vous n'êtes point un chauffeur. Du moins, ce n'est pas votre véritable profession.

— De nos jours, on exerce toutes sortes de métiers. J'étais dans la marine. Vous avez raison : je ne suis pas un chauffeur comme les autres... mais peu importe. En tout cas, vous pouvez avoir confiance en moi... et me raconter tous vos ennuis.

Elle rougit encore davantage.

— Vous devez me prendre pour une folle.

— Non, non !

— Oh ! si... pour venir ici de cette façon. Mais j'avais tellement peur...

Sa voix se brisa, ses yeux s'agrandirent comme devant une vision de terreur.

Bobby lui saisit la main.

— Tranquillisez-vous. Tout ira bien. A présent, vous êtes sous la protection d'un... d'un ami. Rien de mal ne peut vous arriver.

Elle lui répondit par une pression de ses doigts.

— Lorsque, l'autre soir, vous vous êtes avancé sous le clair de lune, ce fut pour moi un rêve... un rêve de délivrance. J'ignorais qui vous étiez, d'où vous veniez, mais votre vue m'a redonné de l'espoir et j'ai résolu de vous revoir pour... pour tout vous apprendre.

— A la bonne heure! Parlez. Racontez-moi tout.

Elle retira brusquement sa main.

— Vous allez croire que je déraisonne... que je finis par ressembler aux malades qui m'entourent.

— Non... je vous l'assure.

— Tout cela paraît si invraisemblable!

— Je saurai que c'est la vérité. Parlez, je vous en prie.

Elle s'éloigna légèrement de lui; ses yeux regardèrent droit devant elle, ses mains tremblaient.

— Voici : j'ai peur que l'on me tue.

— On veut vous tuer?

— Oui. Cela vous semble incroyable, n'est-ce pas? Vous me soupçonnez d'être atteinte de la manie... de la persécution?

— Non. Qui en veut à votre vie... et pour quelle raison?

Elle garda le silence quelques instants, puis elle dit à voix basse :

— Mon mari.

— Votre mari? Qui est votre mari?

— Vous le ne savez pas?

— Je n'en ai pas la moindre idée.

— Je suis Moira Nicholson, la femme du docteur Nicholson.

Bobby domina son étonnement.

— Et il veut vous tuer. Vous en êtes certaine?

— Je vous l'assure. Je le lis dans ses yeux lorsqu'il me regarde. De plus, il se passe de drôles de choses... des accidents.

— Des accidents?

— Oui. Ne me prenez pas pour une folle et ne croyez pas que j'invente...

« Il a fait reculer la voiture alors que je me trouvais derrière... je n'ai eu que le temps de sauter de côté... Une autre fois, il s'est trompé de flacon en me donnant une potion... Oh! ce sont de légers incidents... des faits auxquels les gens n'attacheraient guère d'importance, mais je sais qu'ils sont voulus. Je suis constamment sur le qui-vive, les nerfs tendus, pour épier autour de moi... et sauver ma vie.

— Pourquoi votre mari veut-il se débarrasser de vous ?

Bobby ne s'attendait guère à la réponse que donna sans hésiter Moira Nicholson.

— Pour épouser Sylvia Bassington-ffrench.

— Mais elle est déjà mariée ?

— Je le sais. Mais il arrangera les choses.

— Comment cela ?

— Je l'ignore. Toujours est-il qu'il essaie de faire entrer Mr Bassington-ffrench chez lui en qualité de malade.

— Et alors ?

— Sait-on ce qu'il peut se passer ensuite ?... Il exerce une forte influence sur Mr Bassington-ffrench... Je n'en connais pas la raison.

— Bassington-ffrench s'adonne à la morphine.

— C'est sûrement cela. Mon mari doit lui en procurer.

— Elle lui arrive par la poste ?

— Sans doute, mon mari ne lui en fournit pas directement... Il est très rusé, Mr Bassington-ffrench ignore sans doute d'où lui viennent réellement les envois. Il se laissera enfermer à « La Grange » pour se guérir, mais une fois là... Il se passe de bizarres choses à la maison de santé, vous savez. Les gens

viennent pour améliorer leur état et... en réalité ils
vont de mal en pis.

Tandis qu'elle parlait, Bobby avait l'impression de
jeter un coup d'œil dans un monde maudit ; il parta-
gea un peu de la terreur où avait vécu Moira Nicholson.

— Vous disiez que votre mari voulait épouser
Sylvia Bassington-ffrench ?

— Oui. Il en est follement épris.

— Et elle ?

— Je ne sais pas. C'est une personne assez difficile à comprendre. Elle a l'air d'aimer son mari et
son enfant et de se plaire dans l'existence paisible
qu'elle mène, mais parfois je ne la trouve pas aussi
simple qu'elle paraît et je me demande si elle ne joue
pas la comédie. Sans doute est-ce simple imagination
de ma part... Quand on vit dans un établissement
comme « La Grange », on finit par perdre le jugement.

— Que savez-vous de Roger, le frère ?

— Je ne le connais pas beaucoup. Il semble gentil, mais facile à duper. Il se laisse prendre dans les
filets de Jasper, qui se sert de lui pour pousser Bassington-ffrench à se faire soigner à « La Grange »...
Empêchez-le de réaliser ce projet... S'il vient à « La
Grange », sa vie est en danger.

Bobby se tut quelques secondes, songeant à l'histoire surprenante qu'il venait d'entendre.

— Y a-t-il longtemps que vous avez épousé Nicholson ?

— Juste un an...

— N'avez vous jamais pensé à le quitter ?

— Sans argent, comment le pourrais-je ? Si je
me réfugiais chez des amis, que leur raconterais-je ?
Que mon mari voulait me tuer ? Ils ne croiraient pas
une histoire aussi fantastique.

— J'y crois bien, moi !

Bobby hésita un moment et demanda à brûle-pourpoint :

— Je vais vous posez une question : connaissez-vous un nommé Alan Carstairs ?

Il vit ses joues s'empourprer.

— Pourquoi cette question ?

— Parce qu'il est très important que je sache la vérité. Selon moi, vous connaissez Alan Carstairs et lui avez remis votre photographie.

Les yeux baissés, elle hésitait à répondre. Puis elle leva la tête et regarda Bobby bien en face.

— C'est vrai.

— Vous le connaissiez avant votre mariage ?

— Oui.

— Est-il venu vous voir ici ?

— Une fois seulement.

— Il y a environ un mois ?

— Oui, c'est cela.

— Il savait que vous habitiez ce pays ?

— J'ignore comment il l'a appris. Je ne le lui avais pas dit. Je ne lui ai même jamais écrit depuis mon mariage.

— Votre mari a-t-il en connaissance de sa visite ?

— Non.

— Vous le croyez, mais il est peut-être au courant de tout.

— En tout cas, il ne m'en a pas dit un mot.

— Avez-vous parlé à Carstairs de votre mari ? Lui avez-vous fait part de vos craintes personnelles ?

— Jusque-là, je ne soupçonnais encore rien.

— Mais vous étiez malheureuse ?

— Oui.

— Et vous le lui avez dit ?

— Non. Je ne voulais pas lui montrer que mon ménage allait mal.

— Il s'en est peut-être aperçu.

— C'est possible.

— Croyez-vous... Je ne sais comment m'exprimer... Croyez-vous qu'il ait su les agissements de votre mari... et soupçonné, par exemple, que sa maison de santé est loin de remplir les conditions qu'on attendrait d'elle ?

Elle fronça les sourcils dans un effort de réflexion.

— C'est encore possible. Il m'a posé une ou deux questions... mais je doute qu'il ait réellement pu deviner quelque chose.

Bobby demeura silencieux pendant une minute, puis demanda :

— Votre mari est-il jaloux ?

A la surprise de Bobby, elle répondit :

— Oui, très jaloux.

— Jaloux de vous ?

— Oui, bien qu'il ne m'aime pas. Il me considère comme sa propriété, son bien... Oh! c'est un homme étrange... très étrange.

Elle fut secouée d'un frisson et demanda brusquement :

— Vous n'appartenez pas à la police, au moins ?

— Moi ? Pas du tout.

— Je le craignais. Je veux dire... vous êtes le chauffeur de Lady Frances Derwent, n'est-ce pas ? L'aubergiste me l'a appris. J'ai rencontré lady Frances l'autre soir à dîner.

— Je le sais. Il faut absolument que nous la voyions. Je ne puis lui parler librement au téléphone, mais peut-être pourriez-vous lui fixer rendez-vous quelque part au dehors ?

— Certainement.

— Je comprends que tout ceci vous paraisse bizarre, mais vous différerez d'avis quand je vous aurai tout expliqué. Tout d'abord, il est essentiel que nous ayons une entrevue avec Frankie le plus tôt possible.

Moira se leva.

— Très bien.

La main sur la poignée de la porte, elle hésita :

— Alan... Alan Carstairs. L'avez-vous vu ?

— Oui, mais voilà longtemps.

— Téléphonez à lady Derwent. Ensuite, je vous raconterai tout.

CHAPITRE XIX

CONSEIL A TROIS

Moira reparut au bout de quelques minutes.

— J'ai donné rendez-vous à Lady Frances sous une tonnelle, au bord de la rivière. Ma requête lui a paru singulière, mais elle a fini par accepter.

— Bien. A présent, dites-moi où se trouve cette tonnelle.

Moira donna une description exacte de l'endroit et expliqua le chemin pour y arriver.

— Parfait. Allez-y d'abord, et je vous rejoindrai.

Moira partie, Bobby s'attarda dans l'auberge pour échanger quelques mots avec Mr Askew.

— Voyez comme la vie est bizarre, monsieur Askew. Autrefois, j'ai travaillé chez un oncle de Mrs Nicholson, un Canadien.

Il craignait que la visite de Mrs Nicholson au chauffeur de lady Derwent déliât les langues des villageois et que des commérages n'arrivassent aux oreilles du docteur Nicholson.

— Elle m'a reconnu au volant de la voiture, et elle s'est inquiétée de savoir ce que je devenais. Une charmante femme et extrêmement aimable.

— Elle en a l'air, en effet. Mais elle ne mène pas une existence très gaie à « La Grange ».

— J'aurais choisi un autre endroit, approuva Bobby.

Sûr d'avoir réussi à prévenir les bavardages, il prit la direction indiquée par Moira.

Arrivé au rendez-vous, il trouva celle-ci qui l'attendait.

Frankie n'était pas encore là.

Devant le regard interrogateur de Moira, Bobby comprit que le moment était venu de lui fournir les explications promises.

— J'ai beaucoup à vous apprendre.

— Je vous écoute.

— Tout d'abord, je ne suis pas chauffeur, encore que je travaille dans un garage à Londres. Je ne m'appelle pas Hawkins... mais Jones... Bobby Jones. Je viens de Marchbolt, dans le pays de Galles.

Moira écoutait attentivement, mais ce nom de Marchbolt ne sembla pas l'émouvoir. Bobby alla droit au cœur de l'histoire.

— Je vais vous apprendre une mauvaise nouvelle. Votre ami... Alan Carstairs... eh bien! il faut que vous le sachiez... est mort.

Elle sursauta et Bobby, plein de tact, détourna les yeux. Quel sentiment lui avait inspiré cet homme?

Après un moment de silence, elle prononça d'une voix lointaine :

— Voilà pourquoi il n'est pas revenu... Je m'imaginais...

Bobby lança vers elle un regard furtif. Il reprit courage. Certes, elle paraissait triste et pensive, mais c'était tout.

— Donnez-moi quelques détails.

— Il est tombé du haut d'une falaise, à Marchbolt... le village où j'habite. C'est moi et le médecin du pays qui l'avons trouvé. Il avait votre photographie dans sa poche.

— Vraiment?... Cher Alan! sa fidélité me touche.

Après une pause, elle demanda :

— Quand l'accident est-il arrivé?

— Il y a environ un mois. Le 3 octobre, exactement.

— C'était juste après sa venue ici.

— Oui. Vous a-t-il fait part de son intention de visiter le pays de Galles?

Elle secoua négativement la tête.

— Connaissez-vous quelqu'un du nom d'Evans?

— Evans? Moira chercha dans sa mémoire. Non, je ne connais personne s'appelant ainsi. Qui est-ce?

— C'est justement ce que vous voudrions savoir. Ah! voici Frankie.

La jeune fille se hâtait le long du sentier. Lorsqu'elle aperçut ensemble Bobby et Moira Nicholson, son visage prit une expression étonnée.

— Allô, Frankie! Je vous remercie d'être venue. Il faut que nous ayons une sérieuse entrevue. D'abord, je vous présente Mrs Nicholson, l'original de la photographie.

— Oh! s'écria Frankie.

Elle regarda Moira puis éclata de rire.

— Mon cher, dit-elle à Bobby, je comprends maintenant pourquoi la vue de Mrs Cayman, le jour de l'enquête, vous a tellement déçu.

Moira paraissait ne rien comprendre.

— J'ai tant à vous apprendre que je ne sais par quel bout commencer, dit Bobby.

Il décrivit les Cayman, qui avaient identifié le cadavre.

— Mais je ne comprends pas, s'exclama Moira. Qui était le mort, son frère ou Alan Carstairs?

— Voici où les criminels entrent en scène, expliqua Bobby.

— Ensuite, ajouta Frankie, Bobby a été empoisonné.

— Oui, par huit grains de morphine!

— Ne revenez pas là-dessus. Laissez-moi parler. Alors, voici les Cayman vinrent voir Bobby après l'enquête pour savoir si leur frère (du moins celui qu'ils faisaient passer pour leur frère) avait prononcé quelques paroles avant de mourir. Bobby répondit non. Par la suite, il se souvint que le moribond avait parlé d'un nommé Evans. Il écrivit aux Cayman pour les mettre au courant, et, quelques jours plus tard, il reçut une lettre lui proposant une situation au Pérou ou je ne sais dans quelle lointaine contrée. Ayant décliné cette offre avantageuse, il fut empoisonné. Quelqu'un introduisit dans sa bière une dose de morphine...

— Huit grains, précisa de nouveau Bobby.

— Doué d'une constitution remarquable, il triompha de cette épreuve. Alors nous fûmes convaincus que Pritchard — ou plutôt Carstairs — avait été précipité du haut de la falaise.

— Pourquoi? demanda Moira.

— Vous ne saisissez pas la raison? Elle me paraît pourtant assez claire. En tout cas, nous avons conclu qu'il avait été assassiné et que le coupable devait être Roger Bassington-ffrench.

— Roger Bassington-ffrench? répéta Moira, vivement étonnée.

— Nous avons été amenés à le croire parce qu'il se trouvait sur les lieux ; puis votre photographie disparut et lui seul pouvait l'avoir prise.

— Je comprends.

— Peu après, j'ai eu un accident d'auto sur la

route de Staverley ; coïncidence plutôt bizarre, n'est-ce pas ? (Frankie lança vers Bobby un coup d'œil significatif.) J'ai donc prié Bobby au téléphone de venir me rejoindre en se faisant passer pour mon chauffeur afin que nous prissions tous deux cette affaire en mains.

— Vous saisissez à présent ? dit Bobby. Comme pour achever de me convaincre, le hasard a voulu qu'hier soir, en m'aventurant sur les terres de « La Grange », je vous aie rencontrée, vous, l'original de la mystérieuse photographie.

— Et vous m'avez tout de suite reconnue.

— J'eusse reconnu l'original de ce portrait n'importe où, affirma le jeune homme.

Sans raison apparente, Moira rougit.

Soudain une idée sembla la frapper, et elle regarda tour à tour Frankie et Bobby.

— Me dites-vous la vérité ? Est-ce bien le hasard qui vous a conduite ici ? Ou bien y êtes-vous venue parce que... parce que... Sa voix tremblait malgré elle... Soupçonniez-vous mon mari ?

— Je vous donne ma parole d'honneur qu'avant de pénétrer ici je n'avais jamais entendu parler de votre mari, déclara Frankie.

— En ce cas, excusez-moi, lady Frances. Mais je me souviens qu'au cours du dîner chez les Bassington-ffrench, mon mari ne cessait de vous interroger à propos de cet accident. Je ne comprenais pas pourquoi : à présent, je me demande s'il ne vous suspectait pas d'avoir simulé cet accident.

— Eh bien, si vous désirez connaître la vérité, nous l'avons en effet simulé. Ouf ! je me sens mieux ! N'empêche que la comédie a parfaitement réussi. Croyez cependant que je ne nourrissais aucun noir dessein contre votre mari : il s'agissait de Roger Bassington-ffrench.

— Roger ?

Moira eut un regard étonné.

— Cela peut vous paraître absurde.

— Les faits sont tout de même là! riposta Bobby.

— Roger... oh! non, fit Moira en secouant la tête. Qu'on lui reproche sa faiblesse... ou son emportement, passe encore. Il est également capable de s'endetter, de se laisser entraîner dans une affaire ridicule,..., mais je ne puis l'imaginer poussant un homme du haut d'une falaise...

— Ni moi non plus, approuva Frankie.

— Il a pourtant pris cette photographie, insista Bobby. Écoutez-moi, madame Nicholson, je vais récapituler les événements devant vous.

Il parla d'une voix lente, sans omettre un détail. Lorsqu'il eut terminé, le visage de Moira s'éclaira.

— Je comprends maintenant, dit-elle. Les apparences sont évidemment très troublantes.

Elle fit une pause légère, puis ajouta :

— Pourquoi ne l'interrogez-vous pas ?

CHAPITRE XX

UNE ENTREVUE A DEUX

Bobby et Frankie demeurèrent un instant interloqués devant l'inattendu de cette question. Tous deux s'écrièrent en même temps :

— C'est impossible!

— Vous le voyez vous-même, conclut Moira. Pour moi, Roger a peut-être enlevé la photographie, mais pas une seconde je n'admettrai qu'il ait précipité Alan du haut de la falaise. Pour quel motif aurait-il agi ainsi? Il connaissait à peine cet homme. Ils se sont rencontrés pour la première fois à ce déjeuner de Merroway.

— Alors, qui a poussé Alan Carstairs?

Une ombre passa sur le visage de Moira.

— Je ne sais pas.

— Voulez-vous me permettre de révéler à Frankie la nature des craintes dont vous m'avez parlé?

Moira détourna la tête.

— Si vous voulez... Mais cela paraît si absurde et si mélodramatique...

En effet, le récit, sans périphrases, débité par Bobby d'une voix dénuée d'émotion, ne donnait nulle impression de réalité.

Moira se redressa brusquement.

— J'ai le sentiment d'avoir parlé comme une folle. Je vous en prie, monsieur Jones, ne tenez pas compte de toutes ces sottises... dues à mon état nerveux. Maintenant, il est temps que je rentre. Au revoir!

D'un pas vif, elle s'éloigna. Bobby s'élançait pour la rattraper, mais Frankie le retint avec fermeté.

— Restez là, espèce de niais! Laissez-moi agir.

Elle courut et rattrapa Moira. Au bout de quelques minutes, elle revint à la tonnelle.

— Eh bien? demanda Bobby.

— Tout va bien. J'ai réussi à la calmer. Je lui ai fait promettre de nous rencontrer bientôt tous les deux. Maintenant que son absence vous permet de vous expliquer plus librement, répétez-moi tout ce que vous savez.

Bobby obéit et Frankie l'écouta avec attention, puis lui dit :

— Je viens de découvrir deux faits qui corroborent votre récit. Tout d'abord, en rentrant à Merroway, j'ai surpris Nicholson tenant la main de Sylvia Bassington-ffrench... et, s'il avait pu me foudroyer du regard, je serais tombée raide morte.

— Et votre seconde découverte?

— Un simple incident. Sylvia racontait à quel point la photographie de Moira avait fortement ému un étranger en visite à Merroway. Cet étranger ne pouvait qu'être Alan Carstairs. Il a reconnu la photo, Mrs Bassington-ffrench lui a appris qu'il s'agissait du portrait d'une certaine Mrs Nicholson, et voilà comment il a su où la retrouver. Toutefois, Bobby, je ne comprends pas le rôle de Nicholson là-dedans. Pourquoi se serait-il débarrassé de Carstairs?

Peut-être Carstairs voulait-il le dénoncer comme chef d'une bande de trafiquants de stupéfiants ? Ou votre belle amie est-elle la cause de ce meurtre ?

— Peut-être les deux. Nicholson a pu apprendre que sa femme et Carstairs s'étaient donné rendez-vous et il a suspecté Moira de quelque trahison.

— Possible. Tout d'abord, renseignons-nous sur la moralité de Roger Bassington-ffrench. La seule chose contre lui est cette histoire de photographie. S'il peut nous en fournir une explication satisfaisante...

— Vous songez à l'interroger là-dessus, Frankie ? Est-ce bien prudent ? S'il est coupable, nous allons lui découvrir notre jeu.

— Attendez. Je m'y prendrai adroitement et l'observerai pendant qu'il parlera. Jusqu'ici, il s'est montré d'une parfaite franchise. S'il parvenait à se disculper... si son geste était en fin de compte très innocent... En ce cas, il peut devenir notre allié.

—. Que dites-vous, Frankie ?

— Mon cher, votre belle amie est sans doute une femme nerveuse qui dénature les faits... Mais, supposons que ses craintes soient fondées... que son mari veuille se débarrasser d'elle... Henry Bassington-ffrench court alors un danger mortel. A tout prix, nous devons empêcher son internement à « La Grange ». Or, pour le moment, Roger Bassington-ffrench soutient le point de vue du docteur Nicholson.

— Vous parlez d'or, Frankie. Mettez votre plan à exécution.

La jeune fille se leva, mais avant de s'en aller déclara :

— Écoutez, Bobby, tout cela est extraordinaire, j'ai l'impression de vivre les pages d'un roman...

— Je ressens une impression à peu près identique,

mais je crois plutôt que, participant à une pièce de théâtre, nous entrons en scène au beau milieu du second acte ; ce qui complique encore notre jeu, c'est que nous ignorons tout du premier acte.

Frankie approuva :

— Je ne suis même pas sûre d'entrer au second acte... nous en sommes peut-être au troisième. Bobby, la pièce approche, je crois, du dénouement.

— Avec une scène jonchée de cadavres, conclut Bobby. Et dire que nous avons été entraînés dans cet imbroglio par quatre mots énigmatiques : *Et pourquoi pas Evans?*... Frankie, je suis persuadé que cet Evans, bien qu'il ait été le point de départ de nos investigations, n'est qu'un comparse dans le drame.

— Vous finirez par me faire croire qu'Evans n'existe pas.

Là-dessus, Frankie reprit le chemin du château de Merroway.

CHAPITRE XXI

ROGER RÉPOND A UNE QUESTION

Le hasard favorisait Frankie, car, en cours de route, elle rencontra Roger.

— Tiens! Vous n'êtes pas restée longtemps à Londres.

— Londres ne me disait rien aujourd'hui.

— Êtes-vous déjà allée jusqu'à la maison? Nicholson vient de révéler à Sylvia la vérité au sujet de ce pauvre Henry.

— Je le sais. En arrivant, je les ai trouvés tous deux dans la bibliothèque... Elle paraissait bouleversée.

— Il faut, coûte que coûte, guérir Henry... ne serait-ce que pour Sylvia, Tommy, sa famille. Nicholson est un médecin très capable qui saura le remettre d'aplomb. Si seulement Henry consentait à aller à « La Grange »...

Frankie l'interrompit.

— Voulez-vous avoir l'obligeance de répondre à une question que je désirerais vous poser? J'espère que vous ne me jugerez pas trop indiscrète...

— Parlez!

— Pourriez-vous me confier si vous avez pris une

photographie dans la poche de l'homme... de l'homme
tombé du haut de la falaise à Marchbolt?

Elle l'observait avec attention et fut plutôt satisfaite de constater chez Roger un léger ennui, une
sorte de gêne, mais nul signe de frayeur ou de culpabilité.

— Comment diable l'avez-vous deviné? Moira
vous l'a peut-être dit?... Mais non, elle ne le savait
pas...

— Alors, c'est vous?

— Je suis bien obligé de l'admettre.

— Pourquoi avez-vous enlevé cette photo?

A nouveau, Roger trahit un léger embarras.

— Eh bien, voici. En train de monter la garde
auprès de cet inconnu, je remarque un morceau de
carton dépassant de la poche. Je le prends. Par une
surprenante coïncidence, c'est la photographie d'une
femme de ma connaissance... une femme mariée... et
que je ne crois pas très heureuse en ménage. Qu'arri-
vera-t-il? Une enquête... le nom de la jeune femme
étalé dans tous les journaux. Un scandale... Agissant
sous l'impulsion du moment, je pris la photographie
et la déchirai en mille morceaux. J'ai peut-être eu
tort d'agir ainsi, mais Moira Nicholson est si sympathique que, pour rien au monde, je n'aurais voulu
la voir compromise.

Frankie poussa un soupir.

— Et c'est tout! Ah! si vous saviez...

— Quoi?

— Je vous le dirai plus tard. Cette histoire est
tellement compliquée! Je comprends maintenant
pourquoi vous avez enlevé la photographie, mais
qui vous empêchait de dire que vous aviez reconnu
le cadavre?

— J'ai reconnu le cadavre?

« Comment aurais-je pu le reconnaître ? Je n'avais jamais vu cet homme.

— Vous l'avez pourtant vu ici... la semaine précédente.

— Ma chère enfant, vous perdez la tête.

— Alan Carstairs... vous n'avez jamais rencontré Alan Carstairs ?

— Oh! si! un invité amené par les Rivington. Mais le mort n'était pas Alan Carstairs.

— Je vous affirme que c'était lui.

Ils s'entre-regardèrent, puis Frankie sentit renaître ses soupçons.

— Vous l'avez certainement reconnu.

— Je n'ai même pas vu les traits du mort. Un mouchoir cachait son visage.

Frankie écarquilla les yeux. En effet, lors de son premier récit de l'accident, Bobby lui avait dit avoir étendu un mouchoir de soie sur la figure du mort.

— Et vous n'avez pas eu l'idée de soulever ce mouchoir ?

— Non. Pourquoi l'aurais-je fait ?

— Évidemment.

Cependant, en son for intérieur, Frankie songeait que si elle avait trouvé la photographie d'un homme de sa connaissance dans la poche d'une femme morte, rien ne l'eût empêchée de regarder le visage de la défunte.

— Pauvre femme! soupira Frankie. Elle m'inspire de la pitié.

— Qui ça ? Moira Nicholson ?

— Oui. Son mari la terrorise.

— J'avoue que moi-même je ne voudrais pas être sous la domination du docteur Nicholson.

— Elle affirme qu'il veut la tuer.

Roger eut un sourire incrédule.

— Les choses ne vont pas jusque-là.

— Vous allez en juger. Asseyez-vous. Je vais vous démontrer que le docteur Nicholson est un dangereux criminel.

Elle lui fit un récit clair et détaillé des événements depuis le jour où Bobby et le docteur Thomas découvrirent le corps au pied de la falaise. Elle se garda cependant de le détromper quant à la réalité de son accident, mais elle lui laissa entendre qu'elle s'était attardée au château de Merroway dans l'intention d'approfondir le mystère.

Roger l'écoutait, fasciné.

— Tout cela est-il vrai?

— Parole! Je n'invente rien.

Pendant une minute, Roger demeura silencieux, le sourcil froncé.

Enfin, il déclara :

— Si fantastique que cela paraisse, je crois que votre première déduction est juste. Cet individu, Alex Pritchard ou Alan Carstairs, a dû être tué. Sinon, l'attaque contre Jones ne s'explique pas. Cette phrase énigmatique : *Et pourquoi pas Evans?* n'éclaircit pas la situation, puisque vous ignorez qui est Evans et le rôle de ce personnage. J'imagine plutôt que le ou les meurtriers croyaient Jones en possession d'un secret compromettant pour eux. Là-dessus, ils essaient de le supprimer et attenteront encore à sa vie s'ils le retrouvent sur leur chemin. Jusque-là tout concorde, mais je ne vois point par quel détour vous arrivez à accuser le docteur Nicholson.

— Cet homme sinistre possède une Talbot bleu sombre et il s'est absenté le jour de l'empoisonnement de Bobby.

— Euh... c'est un peu mince.

— Ajoutez à cela la révélation de Mrs Nicholson à Bobby.

Elle lui dépeignit les frayeurs de Moira, et cette fois encore il les trouva imaginaires et mélodramatiques.

Roger haussa les épaules.

— Elle s'imagine que son mari fournit de la drogue à Henry. Quelle preuve en a-t-elle ? Qu'il essaye d'attirer Henry dans sa maison de santé, c'est un désir bien légitime pour un médecin désirant guérir le plus grand nombre possible de malades. Quant à l'amour du docteur Nicholson pour Sylvia, là-dessus je ne puis rien dire.

— Moira a certainement raison. En général, une femme sait, mieux que personne, à quoi s'en tenir sur le compte de son mari.

— Eh bien, quand cette dernière accusation serait vraie, il ne s'ensuit pas nécessairement que le médecin soit un monstrueux criminel.

— Ne perdons pas de vue que son mari veut la tuer.

— Vous y croyez sérieusement ?

— En tout cas, elle y croit.

Roger alluma une cigarette.

— Doit-on ajouter foi à ses craintes ? La « Grange » abrite toute une humanité déséquilibrée et le seul fait d'y vivre suffit pour troubler le cerveau d'une femme, surtout si elle est d'un tempérament nerveux et impressionnable.

Frankie se souvint des paroles de la jeune femme : « Oh ! c'est sans doute ma nervosité qui suscite ces frayeurs ! » Mais cette réflexion de Moira lui donnait à penser qu'il ne s'agissait pas seulement de nervosité chez la femme du médecin. Cependant, devant la difficulté d'expliquer ce point de vue, elle renonça à l'exposer à Roger.

Celui-ci poursuivit :

— Ah! si vous démontriez que Nicholson se trouvait à Marchbolt le jour du drame de la falaise... ou qu'il avait un motif pour tuer Carstairs, ce serait différent. Permettez-moi de vous faire remarquer que vous semblez oublier les vrais suspects. Oui... les Cayman ?

— Les Cayman ?

— Ceux-là, à mon sens, sont compromis fortement. D'abord, la fausse identification du cadavre, puis leur insistance pour savoir si le malheureux avait parlé avant de mourir ; en outre, je crois que vous avez raison de leur attribuer cette offre d'emploi à Buenos Ayres.

— Oh! il me vient une idée. Jusqu'ici, je pensais que la photographie de Mrs Cayman avait été substituée à celle de Moira Nicholson.

— Je vous jure que jamais je n'ai tenu contre mon cœur le portrait d'une Mrs Cayman. D'après vous, ce doit être une horrible créature.

— Ma foi, elle n'était pas, sans doute, jadis, dénuée d'une certaine beauté... une beauté de virago. Mais voici où je voulais en venir : Carstairs devait avoir sur lui la photographie de Mrs Cayman ainsi que celle de Moira.

Roger acquiesça d'un signe de tête.

— Et vous pensez...

— Je pense qu'il portait l'une par amour, l'autre pour une raison plus prosaïque. Sans doute voulait-il la faire identifier par quelqu'un. Alors voici ce qui se passe : Cayman, le mari, est à la poursuite de Carstairs. En suivant la falaise, il juge le moment propice de se débarrasser de lui ; profitant du brouillard, il le précipite en avant. Carstairs tombe en poussant un cri d'effroi. Cayman s'enfuit ; il ignore s'il se trouve des gens dans le voisinage et ne sait pas que Carstairs possède sur lui la photographie de sa femme. La photographie est publiée...

— Consternation dans le ménage Cayman...

— Parfaitement. Que faire, alors ? Qui connaît Carstairs dans le pays de Galles ? Personne. Mrs Cayman arrive, verse des larmes de crocodile et reconnaît le cadavre pour celui de son frère. Ils emploient le truc de l'envoi de colis pour rendre vraisemblable leur version du tourisme pédestre.

— Frankie, je vous félicite de votre talent de détective.

— N'est-ce pas ? Mon hypothèse n'est pas mal échafaudée. D'un autre côté, vous avez raison au sujet des Cayman, et je crois que nous ferions bien de nous mettre dès maintenant sur leur piste. Je me demande même pourquoi nous ne nous y sommes pas pris plus tôt.

Frankie savait fort bien quelle raison l'en avait empêchée : elle avait filé Roger lui-même. Toutefois elle jugeait préférable de ne pas le lui révéler.

— Qu'allons-nous faire concernant Mr Nicholson ?

— Qu'entendez-vous par là ?

— La pauvre femme vit dans une terreur continuelle. Je vous trouve bien impitoyable à son égard.

— Je ne le suis point, mais les gens incapables de se débrouiller seuls m'exaspèrent.

— Voyons, Roger, soyez juste. Que peut-elle sans argent ni toit où se réfugier ?

— A sa place, Frankie, vous sauriez prendre une décision.

— Moi ?

— Oui, vous n'hésiteriez pas. Si vous redoutiez d'être assassinée par votre mari, vous n'attendriez pas placidement qu'il mette son projet à exécution.

Vous vous sauveriez et gagneriez votre vie de quelque
façon que ce soit, ou bien vous le tueriez d'abord.
Enfin, vous agiriez! Vous avez du cran, tandis que
Moira en manque totalement.

Frankie apprécia le compliment. Elle n'aimait pas
ce genre de femme et l'admiration de Bobby pour
Mrs Nicholson l'irritait au plus haut point.

Roger, au contraire, détestait les femmes faibles.
De son côté, Moira ne professait pas une opinion
très haute de Roger : ne l'avait-elle pas accusé de
veulerie ? Il était peut-être dépourvu de volonté, mais
Frankie lui découvrait un charme indéniable.

Roger ajouta :

— Frankie, vous êtes capable de mener un homme
par le bout du nez.

La jeune fille éprouva un vif plaisir... en même
temps qu'un fort embarras. Aussi s'empressa-t-elle
de changer le sujet de la conversation.

— Et votre frère ? Songez-vous encore à lui conseiller d'aller à « La Grange » ?

CHAPITRE XXII

UNE AUTRE VICTIME

— Non. Il ne manque pas d'autres maisons de santé où l'on s'occupera de lui. L'important, c'est qu'il accepte l'idée de ce traitement.

— Croyez-vous que ce soit impossible ?

— Je le crains. Vous l'avez vous-même entendu l'autre soir. D'autre part, si nous pouvions provoquer chez lui un repentir... Tiens, voici Sylvia.

Mrs Bassington-ffrench sortait de la maison et regardait autour d'elle. Apercevant Roger et Frankie, elle traversa la pelouse pour les rejoindre.

Elle paraissait soucieuse et à bout de forces.

— Roger, je vous ai cherché partout. Puis, comme Frankie allait s'éloigner : Ne partez pas, chère amie. A quoi bon user de cachotteries ? N'êtes-vous pas au courant de tout ?

Frankie fit un signe affirmatif de la tête.

— Alors que moi je demeurais aveugle, tous deux vous aviez deviné ce que je ne soupçonnais même pas. Dès que le docteur Nicholson m'a appris la vérité, je suis allée trouver Henry. Je le quitte à l'instant.

Elle étouffa un sanglot.

— Roger... nous allons le soigner. Il accepte de se rendre dès demain à « La Grange » et de se confier aux soins du docteur Nicholson.

— Oh! non...

Cette exclamation s'échappa simultanément des lèvres de Roger et de celles de Frankie. Sylvia les regarda d'un air étonné.

Roger s'expliqua du mieux qu'il put.

— Écoutez, Sylvia. Après mûre réflexion, je ne crois pas que ce soit la clinique qui convienne à Henry.

— Vous pensez donc qu'il pourra se guérir tout seul ?

— Pas du tout. Mais nous devrions choisir un endroit... moins rapproché. Ce serait une erreur de le placer si près.

— J'en suis convaincue, jeta Frankie, venant à la rescousse.

— Pas moi, dit Sylvia. Je ne veux pas qu'il s'éloigne et je ne le confierai à personne d'autre qu'au docteur Nicholson. Il s'est montré si aimable et si dévoué! Je me sentirai rassurée de savoir Henry sous sa garde.

— Tiens, Sylvia! Je croyais que vous ne pouviez souffrir le docteur Nicholson! s'exclama Roger.

— J'ai changé d'avis. On n'aurait pu se montrer plus gentil et plus doux qu'il l'a été cet après-midi. Mes préjugés à son égard ont entièrement disparu.

Il y eut un moment de lourd silence. Ni Roger ni Frankie ne savaient que répondre.

— Pauvre Henry ! reprit-elle, en apprenant que je savais tout, il a failli s'effondrer. Pour moi et pour Tommy, il s'efforcera de se débarrasser de son vice, mais je ne saurais, m'a-t-il dit, concevoir l'étendue du sacrifice qu'il s'impose. Cependant, le docteur Nicholson a essayé de me l'expliquer en détail. Le besoin de la drogue devient, paraît-il, une obsession... Ceux qui s'y adonnent perdent toute responsabilité de leurs actes. Oh! Roger, si vous saviez comme je souffre! Mais j'ai confiance, le docteur Nicholson le guérira.

— Je vous assure qu'il serait préférable...

Sylvia se retourna brusquement vers lui.

— Roger, je ne vous comprends pas. Pourquoi avez-vous changé d'opinion? Jusqu'à présent, vous ne songiez qu'à envoyer Henry à « La Grange ».

— Eh bien... j'ai réfléchi... depuis.

De nouveau, Sylvia l'interrompit :

— Quoi qu'il en soit, c'est décidé. Henry ira a « La Grange » et pas ailleurs.

Encore un silence.

Enfin, Roger annonça :

— Je vais téléphoner au docteur Nicholson. Il doit être chez lui à présent. J'ai besoin de lui... préciser certains détails.

Sans attendre la réponse de sa belle-sœur, il entra vivement dans la maison, laissant les deux femmes seules.

— Je ne comprends pas Roger, dit Sylvia avec impatience.

— Je partage son avis. J'ai lu quelque part que la cure s'opère en de meilleures conditions lorsqu'on soigne le malade loin de son foyer.

— Ce raisonnement ne tient pas debout.

Frankie ne savait quel parti prendre. Les sentiments de Sylvia envers Nicholson avaient changé du tout au tout. Frankie, à bout d'arguments, eut envie de révéler l'entière vérité à la jeune femme. Mais celle-ci la croirait-elle? Roger lui-même s'était montré très incrédule quant à la culpabilité de Nicholson. Sylvia, nouvelle alliée du médecin, le serait davantage.

Peut-être même irait-elle répéter le tout au docteur. Que de complications!

Il y eut un moment de silence, que coupa le vrombissement sourd d'un avion passant bas dans le ciel déjà obscur. Quand le bruit eut décru dans le lointain, Sylvia reprit plus calmement :

— Le coup a été si terrible... Et tous vous voulez envoyer Henry loin de moi.

— Non! Non! vous vous méprenez sur la nature de nos intentions. (Elle chercha une explication.) Nous sommes certains qu'ailleurs il recevrait de meilleurs soins. Car le docteur Nicholson est, à notre avis, un charlatan.

— Je le trouve au contraire très capable... Il a toutes les qualités requises pour sauver Henry.

Elle lança vers Frankie un regard de défi. La jeune fille, ne sachant que répondre, garda le silence. Bientôt, Roger sortit de la maison.

— Nicholson n'est pas encore rentré, annonça-t-il. Je lui ai fait dire de m'appeler.

— Je ne vois pas l'urgence de lui parler. Les dispositions sont prises et Henry accepte.

— J'ai mon mot à dire, ce me semble. Henry est mon frère.

— Vous vouliez vous-même le faire entrer à « La Grange ».

— Oui, mais depuis, j'ai entendu certains propos sur le compte de Nicholson.

— Lesquels? Je n'en crois rien.

Elle se détourna et gagna la maison.

Roger considéra Frankie.

— Notre rôle est bigrement compliqué.

— En effet.

— Lorsque Sylvia s'est fourré une idée dans la tête, imposible de l'en détourner.

Ils s'assirent sur un banc du jardin pour discuter sur la conduite à tenir. Roger partageait l'avis de Frankie : ce serait une erreur de tout révéler à Sylvia. Selon lui, le mieux consisterait à sonder le médecin.

— Mais qu'allez-vous lui dire exactement? demanda Frankie.

— Pas grand-chose, mais je le ferai parler. En tout cas, Henry ne doit pas aller à « La Grange ». Il faut à tout prix l'en empêcher, dussions-nous tout dévoiler... Mais quel est ce bruit?

Tous deux bondirent.

— On dirait un coup de feu... venant de la maison.

Ils coururent, entrèrent par la porte-fenêtre du salon et traversèrent le vestibule. Sylvia se tenait là, debout, le visage blême comme un linge.

— Avez-vous entendu? leur demanda-t-elle. Un coup de feu... dans le cabinet d'Henry.

Elle chancela et Roger la soutint dans ses bras. Frankie se dirigea vers la porte du bureau et tourna la poignée.

— C'est fermé à clef.

— Par la fenêtre! lui cria Roger.

Il déposa Sylvia sur un canapé et sortit, Frankie sur ses talons. Après avoir contourné la maison ils arrivèrent devant la fenêtre du bureau. Elle était fermée mais, à travers la vitre, ils regardèrent à l'intérieur. Le soleil couchant rendait la lumière confuse... Cependant, ils virent assez distinctement. Henry Bassington-ffrench affaissé sur son bureau, une plaie trouait sa tempe et un revolver tombé de sa main gisait sur le parquet!

— Il s'est tué, dit Frankie. C'est horrible...

— Reculez un peu. Je vais briser la fenêtre.

Roger enveloppa sa main dans un pan de son manteau et assena un vigoureux coup de poing sur les vitres. Il écarta soigneusement les débris, puis passa dans la pièce, suivi de Frankie. Au même moment, Mrs Bassington-ffrench et le docteur Nicholson accouraient le long de la terrasse.

— Quel malheur est-il arrivé... à Henry? s'écria Sylvia.

Apercevant le corps prostré de son mari, elle poussa un cri. Roger sortit vivement par la fenêtre et le docteur Nicholson lui remit entre les bras Sylvia à demi évanouie.

— Emmenez-la, dit-il, et prenez soin d'elle. Donnez-lui un peu de brandy si elle peut le prendre. Épargnons-lui la vue de cet affreux spectacle.

Lui-même enjamba la fenêtre et rejoignit Frankie. Il hocha lentement la tête.

— Quelle fin tragique! Le pauvre homme ne se sentait pas suffisamment de courage pour affronter l'épreuve de la cure.

Il se pencha sur le cadavre, puis se redressa.

— La mort a dû être instantanée. Je me demande s'il a écrit quelques mots avant de se tuer.

Frankie s'approcha et vit, près du coude de Bassington-ffrench, une feuille de papier sur laquelle étaient tracées ces lignes :

« Je choisis la meilleure façon d'en finir. Cette habitude néfaste a exercé sur moi un trop fort ascendant pour que je puisse m'en défaire. J'agis pour le mieux envers Sylvia... Sylvia et Tommy. Adieu! Pardonnez-moi... »

Frankie sentit sa gorge se contracter.

— Ne touchons à rien, recommanda le docteur Nicholson. Une enquête aura certainement lieu. Nous devons tout de suite prévenir la police

Frankie se dirigea vers la porte, puis s'arrêta.

— La clef n'est pas dans la serrure, remarqua-t-elle.

— Non? Peut-être la trouverons-nous dans sa poche.

Avec précaution, il fouilla les poches du défunt et en tira une clef.

Il l'essaya sur la porte et ouvrit. Ensemble, ils passèrent dans le vestibule. Le docteur Nicholson alla tout droit vers le téléphone.

Frankie, les genoux flageolants, se sentait prise de vertiges.

CHAPITRE XXIII

MOIRA DISPARAIT

Une heure plus tard, Frankie téléphona à Bobby.

— Est-ce vous, Hawkins? Bonjour, Bobby. Êtes-vous au courant de l'événement? Oui? Eh bien! il faut que nous nous rencontrions de bonne heure demain matin. Je me promènerai vers... mettons huit heures... au même endroit que l'autre jour.

Elle coupa la communication au moment où Bobby disait pour la troisième fois : « Oui, mademoiselle », afin de tromper la curiosité des gens de l'auberge.

Bobby arriva le premier au rendez-vous, mais Frankie ne le fit pas attendre longtemps. Elle avait le visage pâle et défait.

— Bonjour, Bobby. C'est affreux, une mort pareille! Je n'en ai pas dormi de toute la nuit.

— Je ne connais encore aucun détail, sauf que Mr Bassington-ffrench s'est suicidé. C'est bien cela, n'est-ce pas?

— Oui. Sylvia venait de s'entretenir avec lui pour le persuader de se soumettre à un traitement et il avait accepté. Sans doute le courage lui aura-t-il manqué au dernier moment. Il s'est enfermé dans son bureau, a griffonné quelques mots sur une feuille de papier et... s'est tué. Bobby, c'est terrible!

— En effet.

Ils demeurèrent un moment silencieux.

— Il me faudra quitter le château aujourd'hui même, annonça Frankie.

— Bien sûr. Et comment est-elle?... Je veux dire Mrs Bassington-ffrench?

— Elle s'est évanouie. Je ne l'ai pas revue depuis que nous avons découvert le cadavre. Pour elle, le coup a dû être terrible. Bobby, vous amènerez la voiture vers onze heures.

Bobby ne répondit pas et Frankie le considéra avec impatience.

— Qu'avez-vous donc? On dirait que vous êtes dans les nuages?

— Excusez-moi. Le fait est...

— Eh bien?

— Je me demandais si... c'est bien vrai?

— Quoi donc?

— Cette histoire de suicide?

— C'est bien un suicide.

— Vous en êtes sûre? Moira nous a prévenus que Nicholson voulait se débarrasser de deux personnes. En voici une disparue.

Frankie réfléchit un instant, puis secoua énergiquement la tête.

— Il s'agit d'un suicide. Je me trouvais dans le jardin en compagnie de Roger quand nous entendîmes la détonation. Nous entrâmes dans le vestibule par la porte-fenêtre du salon. La porte du bureau était fermée à clef. Nous allâmes vers la fenêtre, également close, et Roger dut briser une des vitres. A ce moment seulement, Nicholson parut en scène.

Bobby médita un instant.

— Tout paraît régulier. Tout de même, l'apparition de Nicholson me semble un peu soudaine.

— Il revenait chercher sa canne oubliée lors de sa visite de l'après-midi.

Bobby fronçait le sourcil dans son effort de pensée.

— Suivez-moi bien, Frankie. Supposons que Nicholson ait tué Bassington-ffrench...

— Après l'avoir contraint à écrire une lettre d'adieu aux siens?

— Votre objection ne tient pas. Cette lettre a pu être fabriquée. La différence d'écriture sera imputée à l'émotion du moment.

— Et ensuite?

— Nicholson tue Bassington-ffrench, laisse une lettre d'adieu, disparaît en fermant la porte à clef... pour reparaître quelques minutes plus tard comme s'il venait d'arriver.

Frankie secoua la tête.

— L'idée est ingénieuse, mais ne s'adapte pas aux circonstances. D'abord, la clef se trouvait dans la poche d'Henry Bassington-ffrench.

— Qui l'y a découverte?

— Ma foi, c'est Nicholson.

— Nous y voilà. Quoi de plus facile que de prétendre l'avoir trouvée là?

— Je l'observais... et ne perdez pas cela de vue. Or, j'affirme que la clef était dans la poche du mort.

— C'est exactement ce qui se produit lorsqu'on regarde un prestidigitateur. Un tour d'escamotage comme celui-là constitue un jeu d'enfant.

— Sur ce point, vous avez peut-être raison, mais sincèrement, Bobby, Nicholson ne peut avoir tué Henry Bassington-ffrench. Sylvia se trouvait dans la maison quand la détonation eut lieu. Dès qu'elle l'entendit, elle courut dans le vestibule. Si Nicholson avait tiré et était sorti par la porte du bureau, elle n'eût pas manqué de le voir. Au contraire, elle déclare l'avoir vu monter la grande allée du perron au moment où nous contournions la maison. Elle alla à sa rencontre et l'amena devant la fenêtre du bureau. Cette homme possède donc un alibi indiscutable.

— En principe, je me méfie des gens pourvus d'alibis.

— Moi aussi, mais je ne vois pas comment vous pourrez démolir celui-ci.

— Non. La parole de Sylvia Bassington-ffrench doit suffire.

— Il me semble.

Bobby poussa un soupir.

— Tant pis! Contentons-nous du suicide. Pauvre diable! Maintenant, vers qui dirigerons-nous nos batteries?

— Du côté des Cayman. Voilà belle lurette que nous aurions dû nous en occuper. Avez-vous conservé la lettre où Mr Cayman vous donnait son adresse?

— Oui. L'adresse est la même que celle qu'ils ont déclarée à l'enquête : 17, St Leonard's Gardens, Paddington.

— Ne trouvez-vous pas que nous avons trop négligé cette piste?

— Certes. Je soupçonne même que les oiseaux se sont envolés. Ces Cayman ne sont pas nés d'hier.

— Même s'ils ont fui, je pourrai me renseigner sur leur compte.

— Pourquoi dites-vous : *je?*

— Parce que, encore une fois, il est préférable que vous restiez dans la coulisse... pour la même raison que lorsqu'il s'agissait de venir ici alors que nous suspections Roger. Ils vous connaissent, tandis que je suis pour eux une inconnue.

— Et comment vous présenterez-vous à ces gens?

— Je m'introduirai chez eux sous prétexte de propagande politique pour le parti conservateur. Je porterai des tracts à la main.

— Parfait. Mais, comme je viens de vous le dire, vous trouverez la cage vide. Pour l'instant, nous devrions songer à... Moira.

— Je l'avais complètement oubliée..

— Je m'en rends compte.

— Il faut absolument que nous prenions une décision à son sujet.

Bobby voyait le joli visage terrifié... Il avait pressenti le destin tragique de la jeune femme dès l'instant où il avait contemplé sa photographie trouvée dans la poche d'Alan Carstairs.

— Oh! Frankie, si vous aviez pu voir son expression effarée le soir où je l'ai rencontrée dans le parc de « La Grange »! Ne la prenez pas pour une folle... Je vous assure qu'elle jouit de toute sa raison. Avant d'épouser Sylvia Bassington-ffrench, Nicholson devait écarter deux obstacles : l'un est déjà supprimé ; j'ai l'impression que la vie de Moira ne tient plus qu'à un fil.

Frankie dut admettre la justesse de ce raisonnement.

— Mon cher, agissons tout de suite. Que faut-il faire?

— La décider à quitter « La Grange » immédiatement.

— Et à partir pour le pays de Galles... au château. Où serait-elle plus en sûreté que chez nous?

— Je m'efforcerai de lui faire accepter ce projet.

— Rien de plus simple. Papa ne remarque guère qui va et vient dans la maison. En tout cas, Mrs Nicholson lui plaira... elle est sympathique à tous les hommes. C'est inouï comme les hommes aiment les femmes faibles et fragiles!

— Je ne vois pas que Moira soit particulièrement faible et fragile?

— Ouvrez les yeux, mon cher. Elle ressemble à un oiseau qui attend, fasciné, que le serpent l'avale.

— Que peut-elle faire?

— Bien des choses.

— Vous savez qu'elle ne possède ni argent ni amis...

— Je vous en prie, cessez de vous apitoyer sur son sort, comme si vous vouliez la recommander à un Foyer de jeunes filles.

Un certain malaise pesa entre eux.

— Eh bien! dit enfin Frankie, surmontant sa mauvaise humeur, à la besogne! Courons au secours de Moira

— Que vous êtes bonne!

— C'est bien! c'est bien! n'en parlons plus. Si nous voulons agir, agissons sans retard. C'est à-dire, délivrons Moira. Amenez-moi la voiture à dix heures et demie. J'irai à « La Grange » voir Moira. Si Nicholson assiste à notre entrevue, je rappelle à Mrs Nicholson sa promesse de venir passer quelques jours à Marchbolt avec moi et je l'enlève illico!

— Voilà qui est expédié. Je crains tellement un nouvel accident.

— Alors, entendu pour dix heures et demie.

Frankie arriva au château à neuf heures et demie.

On venait d'apporter le petit déjeuner et Roger se versait une tasse de café. Il paraissait à bout de forces.

— Bonjour, dit Frankie. J'ai passé une très mauvaise nuit. Enfin je me suis levée à sept heures et j'ai fait une promenade.

— Je suis navré que vous subissiez le contrecoup de tous nos chagrins,

— Comment va Sylvia?

— Hier soir, on lui a donné un soporifique. Elle dort encore. Pauvre femme! Sa vie est brisée. Elle aimait profondément Henry.

— Je le sais.

Frankie s'accorda une pause, puis annonça son intention de partir.

— Évidemment, vous songez à nous quitter constata Roger irrité. L'enquête à lieu vendredi. Je vous préviendrai si votre présence est nécessaire. Tout dépend du coroner.

Il avala sa tasse de café et s'éloigna pour vaquer à ses multiples occupations. Frankie le plaignait sincèrement. Elle ne s'imaginait que trop les commérages et la curiosité malveillante déchaînés par un suicide. Tommy entra et elle déploya toute son ingéniosité à distraire le bambin.

Bobby amena la voiture à dix heures et demie. On descendit les bagages de Frankie. La jeune fille dit au revoir à Tommy et laissa un mot pour Sylvia. La Bentley s'éloigna ensuite de Merroway.

Très vite, Bobby et Frankie arrivèrent à «La Grange.» Frankie fut un peu impressionnée à la vue des grilles de fer et des épais taillis.

— Cet endroit vous donne le frisson. Rien d'étonnant si Moira est sujette aux idées sombres.

La voiture s'arrêta devant la porte d'entrée, Bobby descendit et sonna. Il attendit quelques minutes. Enfin une femme en costume de nurse se présenta.

— Madame Nicholson? demanda Bobby.

La femme hésita, puis recula dans le vestibule et ouvrit davantage la porte. Frankie sauta de l'auto et pénétra dans la maison. La porte se referma sur elle avec un bruit sinistre. Frankie remarqua les lourds verrous et les barres de fer de l'intérieur et s'en alarma... comme si elle était prisonnière dans cette funeste demeure.

« Je suis ridicule, se dit-elle enfin. Bobby m'attend dans la voiture. Je suis venue ici de mon propre gré et il ne peut rien m'arriver de mal. »

Elle suivit dans l'escalier et le long d'un couloir la nurse qui ouvrit une porte et introduisit Frankie dans un petit salon bien meublé. Frankie se sentit plus rassurée. La nurse se retira.

Cinq minutes plus tard, le docteur Nicholson entra.

Frankie ne put réprimer un mouvement de surprise, mais elle parvint à le masquer par un aimable sourire et une cordiale poignée de main.

— Bonjour, docteur.

— Bonjour, lady Frances. Vous ne m'apportez pas, au moins, de mauvaises nouvelles de Mrs Bassington-ffrench ?

— Elle dormait encore quand j'ai quitté le château.

— Pauvre Mrs Bassington-ffrench ! J'aime à croire que son médecin veille sur elle !

— Oh! oui. Après une hésitation, Frankie ajouta : Docteur, vous êtes certainement très occupé et je m'en voudrais d'abuser de vos instants. J'étais venue voir votre femme.

— Pour voir Moira ? C'est très aimable de votre part.

Était-ce simplement une illusion, ou les yeux bleu pâle avaient-ils pris une expression plus dure ?

— Si elle n'est pas encore prête, dit Frankie souriante, je l'attendrai ici. Je voudrais la décider à passer quelques jours dans le pays de Galles. Elle me l'a presque promis.

— Je vous remercie, lady Frances. Vous êtes charmante et Moira aurait eu infiniment de plaisir à vous accompagner.

— *Aurait eu?*

Le docteur Nicholson sourit, découvrant ses dents blanches.

— Oui. Malheureusement, elle est partie ce matin.

— Partie? Où donc? demanda Frankie.

— Oh! simplement pour changer d'air. Cette maison est plutôt triste pour une jeune femme, lady Frances. De temps à autre, Moira éprouve le besoin de distraction et elle s'en va.

— Et vous ignorez où elle se trouve?

— A Londres, probablement. Elle court les magasins et les théâtres.

Frankie le vit encore sourire... d'un sourire sardonique, déplaisant au possible.

— Je me rends à Londres, aujourd'hui ; voulez-vous me donner son adresse?

— Elle descend habituellement à l'hôtel Savoy. En tout cas, je recevrai de ses nouvelles d'ici un ou deux jours. Je suis pour la liberté entière entre époux. Je serais fort surpris si vous ne la trouviez pas au Savoy...

Il ouvrit la porte et Frankie lui serra la main. La nurse la reconduisit jusqu'à la porte d'entrée et elle entendit le docteur Nicholson lui dire encore, d'une voix suave et légèrement ironique :

— C'est on ne peut plus charmant de votre part d'inviter ma femme à passer quelques jours chez vous, lady Frances.

CHAPITRE XXIV

SUR LA PISTE DES CAYMAN

Bobby eut quelque peine à conserver l'attitude impassible du chauffeur lorsqu'il vit Frankie sortir seule de la maison.

— Hawkins, retournons à Staverley, dit-elle à voix assez haute.

La voiture descendit la grande allée et franchit la grille. Un peu plus loin, sur la route déserte, Bobby serra les freins.

— Eh bien, Frankie ?

— Bobby, la situation n'est guère rassurante. Il paraît que Moira est partie.

— Partie ? Ce matin ?

— Ou cette nuit.

— Sans nous laissez un mot ?

— Bobby, je ne crois pas cette histoire. Le mari mentait... j'en suis certaine.

Bobby avait pâli. Il murmura :

— Trop tard ! Idiots que nous sommes. Hier, nous n'aurions pas dû la laisser retourner dans cette maison.

— Vous ne pensez pas... qu'elle soit morte ?

— Mais non ! répondit Bobby, haussant la voix pour se donner de l'assurance.

Tous deux se turent un moment, puis Bobby. d'un ton plus calme, exposa ses déductions :

— Elle doit être encore vivante, car on n'escamote pas ainsi un cadavre. Il aurait fallu feindre une mort naturelle ou accidentelle. A mon avis, il l'a chassée ou bien — et cette hypothèse me paraît plus vraisemblable — elle se trouve encore à « La Grange ».

— Alors, qu'allons-nous faire ?

Bobby réfléchit quelques instants.

— Je ne pense pas que votre présence ici soit utile. Si vous rentriez à Londres ? Vous aviez parlé de retrouver les Cayman. Voilà de la besogne toute tracée pour vous.

— Oh ! Bobby !

— Ma chère amie, vous ne sauriez rester ici. Vous êtes connue à présent... même un peu trop connue. Vous avez annoncé votre départ à tout le monde, vous ne pouvez prolonger votre séjour à Merroway... encore moins vous installer à l'auberge du Pêcheur à la Ligne. Les langues iraient bon train dans le voisinage. Non, croyez-moi, quittez ce pays. Nicholson se méfie sans doute, mais il n'a pas la certitude que vous sachiez quelque chose. Retournez donc à Londres et je demeurerai ici.

— A l'auberge du Pêcheur à la Ligne ?

— Non. Le moment est venu pour votre chauffeur de disparaître de la circulation. Je logerai à Ambledever... à quinze kilomètres d'ici... et si Moira habite toujours cette sinistre maison, j'arriverai bien à mettre la main dessus.

— Bobby ! soyez prudent !

— Prudent comme le serpent.

Le cœur gros, Frankie céda enfin. Le raisonnement de Bobby ne manquait pas de sagacité. Elle comprenait elle-même que son rôle était terminé à Merroway. Bobby la reconduisit à Londres et Frankie, réintégrant sa résidence de Brook Street, se sentit soudain en proie à une profonde solitude.

Mais elle n'était pas d'un tempérament à se laisser abattre, et ce même après-midi, vers trois heures, une jeune personne vêtue avec une sobre élégance, un lorgnon sur le nez, un paquet de brochures à la main, se dirigeait du côté de St Leonard's Gardens, dans le quartier de Paddington.

Frankie longeait ces affreuses maisons de St Leonard's Gardens, la plupart délabrées, mais qui avaient connu des « jours meilleurs ».

Au numéro 17, quelle ne fut pas la déception de la jeune fille lorsqu'elle vit sur la maison un écriteau : *A vendre ou à louer.*

Aussitôt, Frankie enleva son lorgnon et quitta son air grave. Selon toute apparence, la propagandiste électorale n'avait plus de raison d'être.

Elle lut sur l'écriteau le nom de deux agents de location et les inscrivit sur son carnet. Ayant établi son plan de campagne, elle se mit aussitôt à l'œuvre.

D'abord, elle se rendit chez Messrs Gordon et Porter, de Praed Street :

— Bonjour, monsieur, dit Frankie. Pourriez-vous me donner la nouvelle adresse de Mr Cayman, qui habitait tout récemment 17, St Leonard's Gardens ?

— Ce serait avec plaisir, mademoiselle, répondit le jeune employé à qui elle s'était adressée. Mais ce monsieur n'est demeuré que très peu de temps dans la maison et nous agissons pour le compte des propriétaires, vous comprenez ? Mr Cayman n'avait signé qu'un engagement de trois mois en prévision de son prochain départ pour l'étranger. Je crois, en effet, qu'il a quitté l'Angleterre.

— Alors, vous n'avez pas son adresse?

— Non, mademoiselle.

— Mais où vivait-il avant de louer cette maison?

— A l'hôtel... il me semble que c'était le *Great Western Railway*, à la gare de Paddington.

— Vous possédez tout de même quelques références sur lui?

— Il a payé un trimestre d'avance et versé une provision pour l'eau, le gaz, et l'électricité.

— Oh! soupira Frankie, perdant tout espoir.

Le jeune homme la considéra d'un air intrigué.

— Il me doit une grosse somme d'argent, expliqua Frankie.

Immédiatement, le visage du jeune clerc prit une expression scandalisée.

Plein de compassion pour cette ravissante jeune fille, dépouillée par cette canaille de Cayman, il fouilla les dossiers sans découvrir l'adresse actuelle de l'individu.

Frankie le remercia, puis sortit. Elle prit un taxi et se rendit à la seconde adresse d'agents de location. Elle jugea inutile de perdre du temps à répéter la même histoire que précédemment : les premiers agents avaient loué la maison aux Cayman, mais ceux-ci ne songeaient qu'à trouver de nouveaux locataires. Frankie demanda à visiter quelques pavillons, en expliquant qu'elle désirait une petite habitation d'un loyer modeste, pour y tenir une pension d'étudiantes. Elle sortit du bureau, emportant la clef du 17, St Leonard's Gardens, et les clefs de deux autres maisons qu'elle n'avait nullement l'intention de visiter.

Frankie s'estima heureuse que l'employé ne tînt nullement à la suivre ; sans doute n'accompagnait-il les clients que lorsqu'il s'agissait de propriétés meublées.

L'odeur fade des habitations restées longtemps fermées assaillit les narines de Frankie dès qu'elle ouvrit la porte d'entrée du n° 17.

C'était une demeure mal tenue, aux papiers bon marché, aux peintures sales et écaillées. Par acquit de conscience, Frankie la visita du grenier au sous-sol. Les pièces n'avaient pas été nettoyées au moment du départ ; des morceaux de corde, de vieux journaux, des bouts de bois et des clous traînaient sur les parquets... mais pas le moindre document personnel, pas même un coin de lettre déchirée.

Le seul objet pouvant offrir quelque intérêt était un guide des chemins de fer A.B.C. resté ouvert sur l'appui d'une fenêtre. Rien n'indiquait qu'un des noms figurant sur les pages eût une signification spéciale, mais Frankie, pour se dédommager de tous les renseignements sur lesquels elle avait compté, en copia la liste sur son petit calepin.

Elle se consola de n'avoir point déniché les Cayman à la pensée qu'il ne fallait pas s'attendre à autre chose. S'ils ne se trouvaient pas en règle avec la loi, ils avaient pris les précautions nécessaires pour qu'on ne pût mettre la main sur eux. Leur absence constituait déjà une sorte de preuve de leur culpabilité.

Elle rendit les clefs aux agents de location en émettant la fallacieuse promesse de leur téléphoner dans quelques jours, puis traversa le parc, indécise sur ce qu'il fallait faire à présent. Ses méditations furent interrompues par une averse. Pas de taxi en vue. Elle se précipita dans une station, toute proche, du chemin de fer souterrain. Elle prit un billet pour Piccadilly Circus et acheta deux journaux.

Une fois dans le train, presque vide à cette heure de la journée, elle bannit toutes ces décevantes pensées de son esprit et se plongea dans la lecture des journaux.

Elle parcourut les faits divers : accidents d'autos, mystérieuse disparition d'une écolière... les échos mondains, réception de lady Peterhampton au Claridge, convalescence de sir John Milkington après son accident à bord de l'*Asiradora*, le fameux yacht qui avait appartenu à Mr John Savage, le millionnaire. Ce bateau portait-il malheur ? Son constructeur avait été tué tragiquement ; Mr Savage s'était suicidé ; son propriétaire actuel, sir John Milkington, venait d'échapper par miracle à la mort.

Frankie abaissa son journal et fronça les sourcils, dans un effort de mémoire.

Deux fois déjà le nom de Mr Savage avait été mentionné devant elle : une première fois par Sylvia Bassington-ffrench au sujet d'Alan Carstairs et une autre fois lorsque Bobby avait répété sa conversation avec Mrs Rivington.

Alan Carstairs avait été l'ami de John Savage. Mrs Rivington avait même laissé entendre que la présence d'Alan Carstairs en Angleterre avait quelque rapport avec la triste fin de Savage. Le millionnaire s'était suicidé parce qu'il se croyait atteint d'un cancer.

Et si Carstairs, nullement satisfait de cette explication, était venu en Angleterre pour faire une enquête personnelle sur la mort de son ami ?... Était-il possible que le drame où Frankie et Bobby jouaient un rôle eût comme prélude la mort mystérieuse de Savage ?

Rien ne s'y opposait, et Frankie se demandait comment en obtenir la preuve. Elle ne possédait aucun renseignement sur les amis de Savage.

Soudain, une idée germa dans son esprit : le testament! Si les circonstances du décès de Savage semblaient suspectes, il convenait d'abord d'étudier les dernières volontés du millionnaire.

Frankie se souvenait avoir entendu parler d'un bureau, dans Londres, où l'on pouvait, moyennant un shilling, consulter les testaments. Mais impossible de se rappeler l'adresse.

Le train s'arrêta et Frankie vit qu'elle se trouvait à la station du British Museum. Elle avait laissé passer Oxford Circus où elle devait changer de ligne. Elle bondit et descendit du wagon. Cinq minutes de marche l'amenèrent à l'étude Messrs Spragge, Jenkinson et Spragge.

Elle y fut accueillie avec déférence et immédiatement on l'introduisit dans le cabinet de Mr Spragge, le principal associé de la firme.

Mr Spragge était un homme très agréable, doué d'une voix douce et persuasive qui réconfortait les aristocratiques clients dans les cas difficiles. Le bruit courait que Mr Spragge en connaissait plus long que quiconque dans Londres sur les secrets des familles nobles.

— Votre visite me cause un réel plaisir, lady Frances. Asseyez-vous, je vous en prie. Comment va lord Marchington ?

Frankie répondit comme il convenait et Mr Spragge ôta son pince-nez ; à partir de cet instant, il devint le conseiller légal de sa cliente.

— Voyons, lady Frances, qu'est-ce qui me vaut l'avantage de votre présence dans mes sombres bureaux ?

— Je voudrais jeter un coup d'œil sur un testament, dit Frankie, et je ne sais où m'adresser. Cependant j'ai entendu parler d'un endroit où, pour un shilling, on peut consulter ces sortes de documents.

— Oui, à *Somerset House*, répondit Mr Spragge. De quel testament s'agit-il ? Je crois pouvoir vous apprendre tout ce que vous désirez sur... n'importe quel testament des membres de votre famille.

— Il n'est pas question d'un testament de ma famille.

— Ah! dit seulement Mr Spragge.

Mais cet homme avait une telle façon de vous soutirer des confidences, que Frankie, malgré sa ferme résolution de garder son secret, lui dit...

— Je voulais voir le testament de Mr Savage... John Savage.

— Vraiment? Une vive surprise se trahissait dans la voix de Mr Spragge. Voilà qui est curieux... très curieux.

Frankie le regarda avec étonnement.

— Ma foi, continua Mr Spragge, je ne sais quelle décision prendre. Lady Frances, pourriez-vous m'expliquer pour quelle raison vous désirez consulter ce testament?

— Monsieur Spragge, excusez-moi, mais c'est impossible.

Mr Spragge parut soudain aux yeux de Frankie un être tout différent.

— Il me semble, dit Mr Spragge, que je dois vous mettre sur vos gardes.

— Sur mes gardes?

— Oui. Je possède des indications vagues... très vagues... mais il se passe quelque chose et, pour rien au monde, je ne voudrais vous voir impliquée dans une affaire douteuse.

Frankie aurait pu lui répondre qu'elle se trouvait d'ores et déjà enfoncée jusqu'au cou dans une affaire qu'il eût certainement désapprouvée. Elle se contenta de lever vers lui un regard interrogateur.

— A mon avis, il s'agit plutôt d'une extraordinaire coïncidence, poursuivit Mr Spragge; néanmoins, je flaire quelque chose de louche dans ce testament. Pour le moment, je ne puis vous en dire davantage.

Frankie l'interrogeait toujours du regard.

— J'ai entre les mains un document d'extrême importance, poursuivit Mr Spragge, avec indignation. On a osé se servir de mon nom, lady Frances. Que pensez-vous de cette infamie?

Prise de panique, Frankie demeura un instant sans répondre.

CHAPITRE XXV

Mr SPRAGGE PARLE

Enfin, Frankie balbutia :

— Comment l'avez-vous découverte ?

A l'instant même elle comprit la sottise d'avoir prononcé ces paroles. Enfin la phrase était prononcée et Mr Spragge eût été un bien médiocre homme de loi s'il n'eût compris l'aveu.

— Ainsi, vous étiez au courant de cette affaire, lady Frances ?

— Oui.

Elle poussa un soupir et ajouta :

— J'avoue même en être l'instigatrice, monsieur Spragge.

— Cela me surprend de vous.

Dans la voix de Mr Spragge on sentait la lutte entre l'homme de loi outragé et le paternel avoué de la famille.

— Comment cela s'est-il produit ? demanda-t-il.

— C'était une plaisanterie, dit Frankie. Nous ne savions à quoi passer le temps.

— Et qui a eu l'idée de se faire passer pour moi ?

Frankie le regarda et, prise d'une inspiration providentielle, elle répondit :

— Le jeune duc de... Non, monsieur Spragge, je ne puis vous dire son nom. Ce serait déloyal de ma part.

Elle comprit aussitôt que le vent venait de tourner en sa faveur. De toute évidence, Mr Spragge n'aurait pu pardonner une telle audace au fils d'un simple pasteur, mais sa faiblesse pour les gens titrés le rendait indulgent devant les gamineries d'un duc. Retrouvant ses manières bénignes, il dit, en brandissant l'index :

— Oh! belle et admirable jeunesse! Dans quels guêpiers allez-vous vous fourrer? Vous seriez surprise, lady Frances, de toutes les complications légales susceptibles de découler d'une semblable plaisanterie, apparemment innocente. Ignorez-vous que vous pourriez être traînée devant un tribunal... si vous aviez affaire à un autre que moi?

— Que vous êtes gentil, monsieur Spragge! Pas un sur mille n'aurait pris la chose aussi bien que vous. Vraiment, je suis toute confuse de moi-même.

— Non, non, lady Frances.

— Oh! si, je vous l'assure. Sans doute est-ce Mrs Rivington qui vous a tout raconté. Que vous a-t-elle dit au juste?

— J'ai la lettre ici. Je viens de l'ouvrir.

Frankie tendit la main et Mr Spragge lui remit la lettre d'un air de dire : « Hein, voyez où peut vous conduire votre étourderie! »

« Cher monsieur Spragge, écrivait Mrs Rivington. Excusez ma sottise, mais je me rappelle à l'instant un détail qui aurait pu vous servir le jour de votre visite chez moi. Alan Carstairs nous a appris qu'il se rendait dans un petit pays nommé Chipping Somerton. J'espère que ce renseignement vous aidera à retrouver son adresse actuelle.

« Ce que vous m'avez appris sur l'affaire Maltravers m'a vivement intéressée.

« Je vous prie d'agréer, cher monsieur Spragge, l'assurance de mes sentiments distingués.

« Edith RIVINGTON. »

— Vous pouvez le constater par vous-même. C'est très grave, dit Mr Spragge d'un ton sévère, tempéré par la bienveillance. J'ai cru qu'une affaire de chantage se fomentait, touchant le cas Maltravers ou mon client, Mr Carstairs...

Frankie l'interrompit.

— Alan Carstairs était-il un de vos clients ?

— Mais oui. Il vint me consulter lors de son dernier voyage en Angleterre, le mois dernier. Vous connaissez Mr Carstairs, lady Frances ?

— Un peu.

— Un homme charmant au possible. Quand il se présenta dans mes bureaux, un souffle des libres espaces y pénétra avec lui.

— Il est venu vous voir au sujet du testament de Mr Savage, n'est-ce pas ?

— Ah ! C'est donc vous qui l'avez engagé à s'adresser à moi ? Il ne se souvenait plus qui. Je regrette de n'avoir pu lui être d'un plus grand service.

— Que lui avez-vous recommandé ? Peut-être le secret professionnel vous empêche de me répondre ?

— Pas dans le cas présent. Selon moi, il n'y avait rien à faire... à moins que la famille de Mr Savage ne se décidât à dépenser de grosses sommes d'argent pour poursuivre en justice. Lady Frances, je ne conseille jamais à personne d'aller devant les tribunaux, à moins de posséder tous les atouts en main. La loi est sujette à toutes sortes d'interprétations qui surprennent un esprit non averti. Un mauvais arrangement vaut mieux qu'un bon procès, telle a toujours été ma devise.

Frankie était sur des charbons ardents. A tout instant elle redoutait de laisser deviner son jeu.

— De tels cas sont moins rares qu'on ne le pense, poursuivit Mr Spragge.

— Les cas de suicide?

— Non, non, je veux parler d'influence illicite. Mr Savage était un homme d'affaires très capable, mais il se laissait embobiner par la première coquette venue. Celle-là était une rouée, en tout cas.

— Oh! J'aimerais bien que vous me racontiez comment elle s'y est prise. Mr Carstairs se laissait aller à une violente colère chaque fois qu'il m'en parlait et jamais je n'ai su l'histoire en détail.

— Elle est fort simple. Je puis vous l'exposer, si cela vous intéresse.

— Oh! oui!

— Mr Savage revint des États-Unis en novembre dernier. Comme vous le savez, c'était un homme extrêmement riche, sans parents proches. Au cours de la traversée, il lia connaissance avec une certaine Mrs Templeton. On ne sait rien de particulier sur elle, sauf qu'elle était fort jolie et avait un mari en un lieu quelconque, dans l'ombre.

« Les Cayman », pensa Frankie.

— Les traversées sont parfois dangereuses, reprit Mr Spragge. Fasciné par cette sirène, Mr Savage accepta de venir la voir dans sa petite propriété de Chipping Somerton. Combien de fois s'y est-il rendu exactement, je n'ai pu le savoir, mais de plus en plus Mr Savage tomba sous la domination de Mrs Templeton.

» Alors survint la tragédie. Mr Savage se plaignait

depuis quelque temps de son état de santé. Il craignait d'être atteint d'une grave maladie...

— Le cancer?

— Oui : il redoutait le cancer. Cette crainte devint
chez lui une obsession. A cette époque, il vivait chez
les Templeton, qui lui conseillèrent d'aller consulter
un spécialiste de Londres. Ce qu'il fit. Ici, lady Frances,
je conserve ma liberté d'opinion. Ce spécialiste, un
homme très distingué, qui depuis des années se trouve
au sommet de sa carrière, jura devant le tribunal d'enquête que Mr Savage n'était nullement atteint du
cancer. Il le lui avait affirmé, mais Mr Savage était
tellement persuadé du contraire qu'il ne voulut pas
croire à la vérité. Sans parti pris, lady Frances, et
avec ma connaissance de la profession médicale,
j'incline à croire que les choses ont pu se passer d'une
façon légèrement différente. En admettant que les
symptômes présentés par Mr Savage aient intrigué
le médecin, celui-ci a pu prendre un air grave, parler
de certains traitement énergiques, et, tout en rassu-
rant son malade en ce qui concerne le cancer, lui
laisser l'impression qu'il était sérieusement malade.
Mr Savage, ayant entendu dire que d'ordinaire un
médecin s'abstient de révéler à son client la présence
de ce terrible mal, aura interprété à sa manière les
paroles du spécialiste : le médecin avait menti pour
le tranquilliser... mais lui, Savage, était certain d'avoir
un cancer.

« Quoi qu'il en fût, Mr Savage rentra à Chipping
Somerton dans un état de profonde dépression men-
tale. Il entrevoyait une agonie longue et douloureuse.
Il paraît que plusieurs membres de sa famille étaient
morts du cancer et résolut de ne pas souffrir les tourments dont il avait été témoin. Il appela un notaire,
lui fit rédiger son testament séance tenante et le

signa, puis le confia à la garde de cet officier ministériel. Ce même soir, Mr Savage absorbait une très forte dose de chloral, après avoir écrit une lettre dans laquelle il expliquait qu'il préférait une mort rapide et sans souffrance à une fin lente et affreuse.

« Par son testament, Mr Savage léguait la somme de sept cent mille livres sterling, libres de tous droits de succession, à Mrs Templeton, et le reste à certaines œuvres charitables.

Satisfait de lui-même, Mr Spragge se renversa en arrière dans son fauteuil et poursuivit :

— Le jury prononça l'indulgent verdict habituel en la circonstance : « Suicide commis dans un moment de déséquilibre mental », mais nous ne pouvons nous baser là-dessus pour arguer que le défunt ne jouissait pas de toute sa raison à la signature du testament. Aucun jury ne voudrait admettre cette éventualité. Le document a été rédigé et signé en présence d'un notaire, lequel a certifié que le défunt était en possession de toutes ses facultés mentales. D'autre part, nous ne pouvons démontrer qu'il a agi sous une influence étrangère. Mr Savage n'a point déshérité ses proches... ses parents étant des cousins éloignés qu'il connaissait à peine. Je crois qu'ils habitent l'Australie.

Mr Spragge fit encore une pause et reprit :

— Mr Carstairs considérait la teneur de ce testament comme incompatible avec les idées de Mr Savage. Celui-ci se proclamait ennemi de la charité organisée et professait l'opinion que la fortune ne devait pas quitter le patrimoine familial. Toutefois, Mr Carstairs se trouvait dans l'impossibilité de fournir la preuve de ses assertions, et, ainsi que je lui en fis la remarque, les hommes peuvent changer d'avis. Contester la valeur du testament, c'est non seulement lutter contre Mrs Templeton, mais aussi contre les œuvres charitables bénéficiaires. En outre, le testament a été homologué.

— Et personne n'y mit opposition à ce moment-là ?

— Comme je vous l'ai dit, les parents de Mr Savage, n'habitant pas ce pays, ignoraient la nature de la succession. C'est Mr Carstairs qui a pris sur lui d'intervenir. A son retour d'une expédition au centre de l'Afrique, dès qu'il connut les détails concernant l'héritage de son ami, il vint lui-même ici me demander comment procéder pour faire annuler ce testament. Je dus lui avouer qu'il n'y avait aucun espoir de réussir. La possession constitue les neuf dixièmes de la loi, et Mrs Templeton était entrée en possession de son legs. De plus, elle avait quitté le pays pour aller vivre dans le Midi de la France et refusa d'entrer en pourparlers avec nous. Mr Carstairs comprit enfin qu'il arrivait trop tard.

— Alors, on ne sait rien de cette Mrs Templeton ?

Mr Spragge hocha la tête.

— Un homme avisé comme Mr Savage n'aurait pas dû se laisser prendre aussi facilement... mais...

Frankie se leva.

— Les hommes sont bizarres, dit-elle.

Elle tendit la main au notaire.

— Au revoir, monsieur Spragge. Vous êtes l'amabilité même et je suis vraiment confuse...

— Au revoir, lady Frances, à l'avenir, soyez plus prudente.

Elle lui donna une poignée de main et quitta l'étude.

Mr Spragge s'assit devant son bureau.

Il songeait :

« Le jeune duc de... »

Il ne voyait que deux ducs en Angleterre capables de cette facétie.

CHAPITRE XXVI

AVENTURE NOCTURNE

L'absence inexplicable de Moira troublait Bobby plus qu'il n'eût voulu l'admettre. Il ne cessait de se répéter qu'il était ridicule de s'imaginer qu'on eût pu supprimer Moira dans une maison pleine de témoins. Il existait sans doute une raison très simple à sa disparition et, en mettant les choses au pire, elle pouvait n'être que prisonnière à « La Grange ».

Pas un seul instant Bobby ne crut qu'elle avait quitté Staverley de son plein gré. Il demeurait persuadé qu'elle ne serait point partie sans lui envoyer un mot. De surcroît, n'avait-elle pas déclaré qu'elle ne savait où chercher refuge ? Entre les sinistres murs de « La Grange, » Moira était prisonnière, séparée du reste du monde.

Aucun doute ne venait à l'esprit de Bobby : Nicholson voulait à tout prix se débarrasser de sa femme. Jusqu'ici ses plans avaient échoué. En mettant d'autres personnes au courant de ses tourments, Moira n'avait fait que hâter le fatal dénouement. Nicholson devait à présent prendre une prompte décision. Aurait-il l'audace de la tuer ?

Oui, Nicholson se préparait à assassiner sa femme. Bobby en était certain. On découvrirait le cadavre de Moira dans quelque coin éloigné, peut-être au pied d'une falaise, à moins qu'il ne fût emporté au gré des flots. Cette fois encore, le crime passerait pour un « accident ». Nicholson se spécialisait dans ce genre.

Cependant, Bobby prévoyait que la mise en scène d'un tel accident exigerait un certain temps ; il estima que quarante-huit heures constituaient un minimum.

Avant que ce délai fût écoulé, il retrouverait Moira si elle était à « La Grange ».

Laissant Frankie à Brook Street, il songea à mettre ses plans à exécution. Il jugea prudent de ne point reparaître au garage... Les alentours en étaient probablement surveillés. En tant que Hawkins, il pensait n'éveiller aucun soupçon, mais Hawkins devait à son tour disparaître.

Aussi, ce soir-là, un jeune homme portant moustaches et vêtu d'un costume bleu de confection arriva dans la petite ville animée d'Ambleveder. Ce voyageur prit une chambre dans un hôtel voisin de la gare où il s'inscrivit sous le nom de George Parker. Ayant déposé sa valise, il déambula à travers les rues et bientôt entra en pourparlers pour la location d'une motocyclette.

A dix heures, ce même soir, un motocycliste, en casque de cuir et grosses lunettes traversa le village de Staverley et s'arrêta sur la route, dans un endroit désert à proximité de « La Grange ».

Il dissimula sa moto derrière les buissons, regarda à droite et à gauche et se glissa le long du mur jusqu'à la petite porte.

Comme lors de sa précédente visite, cette porte

était ouverte. Après un nouveau coup d'œil sur la route déserte, Bobby entra. Il fourra sa main dans la poche de sa veste, que gonflait un revolver, et se sentit rassuré.

A l'intérieur de la propriété, tout paraissait paisible.

Bobby sourit en se rappelant les récits dramatiques où le traître fait garder l'accès de sa demeure par un léopard ou quelque bête de proie.

Le docteur Nicholson se contentait de verrous et de barres de fer, et affectait même quelque négligence sur ce point...

Bobby voulait surtout se rassurer. Chaque fois qu'il pensait à Moira, son cœur se serrait. Il revoyait son image... ses lèvres tremblantes, ses yeux dilatés par la frayeur. Voici l'endroit précis où elle lui avait apparu...

Où était Moira en ce moment ? Qu'avait fait d'elle ce sinistre Nicholson ? Si seulement elle vivait encore...

Il explora les alentours de la prison. Des lumières brillaient à plusieurs fenêtres du premier étage ; au rez-de-chaussée, une seule pièce était éclairée.

Bobby s'avança en rampant jusqu'à cette fenêtre. Les rideaux tirés laissaient entre eux une légère fente. Bobby mit un genou sur l'allège et se hissa sans bruit pour regarder.

Il voyait le bras de l'épaule d'un homme qui allaient et venaient comme pour écrire. A l'instant même, l'homme changea de position et Bobby l'aperçut de profil : le docteur Nicholson.

Bobby prit le temps nécessaire pour examiner cet homme au masque puissant. Il remarqua le nez fort et hardi, le menton saillant, les oreilles petites, bien formées, et dont le lobe faisait corps avec la joue.

Il lui souvenait avoir entendu dire que ces sortes d'oreilles avaient une signification spéciale.

Le médecin écrivait toujours... Très calme, il s'arrêtait de temps à autre, comme pour réfléchir au mot propre... puis sa plume traçait sur le papier des caractères précis et réguliers. A un moment il enleva ses lorgnons, les essuya, puis les replaça sur son nez.

Enfin Bobby glissa sur le sol, sans bruit. Nicholson semblait devoir écrire longtemps encore. Il fallait en profiter pour s'introduire dans la demeure.

S'il parvenait à entrer par une fenêtre supérieure pendant que le médecin travaillait dans son bureau, il explorerait la maison à loisir plus tard dans la nuit.

De nouveau, il fit le tour de l'habitation et repéra une fenêtre ouverte au premier étage. La pièce étant dans l'obscurité, il en conclut qu'elle était inoccupée pour le moment. Un arbre en rendait l'accès des plus faciles.

L'instant d'après, Bobby grimpait à l'arbre. Tout allait bien et il avançait la main pour saisir le rebord de la fenêtre lorsqu'un craquement terrible se produisit. La branche qui le portait, sans doute une branche morte, se brisa et Bobby tomba la tête la première dans un fourré qui, fort heureusement, amortit sa chute.

Le cabinet de Nicholson se trouvait sur ce même côté de la maison. Bobby entendit l'exclamation du médecin au moment où celui-ci ouvrait sa fenêtre. Remis du premier choc, Bobby se releva, se dégagea du fourré et traversa en courant dans un espace obscur jusqu'au sentier conduisant à la porte dérobée, puis il se cacha dans la charmille.

Il entendit des bruits de voix et vit des lumières aller et venir du côté de l'arbre brisé. Bobby, immobile, retenait son souffle. S'ils longeaient le sentier, ils verraient la porte ouverte et, s'imaginant que le visiteur avait fui, ils cesseraient leurs recherches.

Cependant, les minutes s'écoulaient et personne n'approchait. Enfin, Bobby entendit la voix de Nicholson. Il ne comprit pas les paroles du médecin, mais une autre voix, rude et plutôt vulgaire, répondit :

— Tout est en ordre, monsieur. J'ai fait ma ronde.

Peu à peu, les bruits se calmèrent, les lumières s'éteignirent et tout le monde parut avoir regagné la maison.

Avec mille précautions, Bobby sortit de sa cachette. Il fit quelques pas dans le sentier et prêta l'oreille. Tout était silencieux. Il se dirigea vers l'habitation.

Alors, dans les ténèbres, un objet le frappa à la nuque. Il s'écroula en avant.

CHAPITRE XXVII

« MON FRÈRE A ÉTÉ ASSASSINÉ »

Le vendredi matin, une Bentley verte stoppa devant l'hôtel de la Gare, à Ambledever.

Frankie avait téléphoné à Bobby sous son nom d'emprunt, George Parker, pour lui annoncer qu'elle se rendait à l'enquête pour témoigner de la mort d'Henry Bassington-ffrench et s'arrêterait en passant à Ambledever.

En vain avait-elle attendu une réponse télégraphique lui fixant un rendez-vous.

— Mr Parker, miss ? répéta le garçon d'hôtel, je ne crois pas que nous ayons un monsieur de ce nom. Attendez, je vais m'en informer.

Il revint au bout de quelques minutes.

— Ce monsieur est venu ici mercredi soir. Il a laissé son sac en disant qu'il rentrerait peut-être dans la nuit. Son bagage est toujours là et il n'est pas revenu le chercher.

Prête à défaillir, Frankie se raccrocha à la table. L'homme la regardait avec sympathie.

— Vous êtes malade, miss ?

Frankie secoua la tête.

— Non, pas du tout. Ce monsieur n'a laissé aucun message?

L'homme s'éloigna et revint, en secouant la tête.

— Il es venu un télégramme pour lui. C'est tout.

Puis, voyant la mine défaite de Frankie, il lui demanda :

— Que puis-je faire pour votre service, miss?

— Oh! rien. Merci.

A ce moment, elle désirait simplement s'en aller. Ensuite, elle réfléchirait. Elle remonta en auto et s'éloigna, roulant dans la direction de Staverley, l'esprit en proie à des idées contradictoires.

Pourquoi Bobby n'était-il pas retourné à l'hôtel? Deux raisons seulement se présentaient à l'esprit : ou bien il était sur la piste... et cette piste l'avait conduit loin d'Ambledever... ou il lui était arrivé malheur.

La Bentley faisait de dangereuses embardées. Juste à temps, Frankie reprit son sang-froid.

Elle était vraiment stupide de s'imaginer pareille éventualité. Bobby se portait bien. Il suivait une piste... voilà tout!

Mais pourquoi, interrogeait une autre voix intérieure, pourquoi ne lui avait-il pas écrit un mot pour la rassurer?

L'explication était peut-être plus difficile, mais il avait certainement une raison valable. Le temps ou l'occasion lui avaient sans doute manqué. Bobby ne s'imaginait point que Frankie s'inquiéterait outre mesure de son silence. Tout devait marcher pour le mieux... à quoi bon se créer des soucis inutiles?

L'enquête se passa sans incident. Roger y assista, ainsi que Sylvia, très belle dans ses voiles noirs.

La procédure se déroula avec tact et rapidité. Tout le monde connaissait et estimait les Bassington-ffrench dans le pays, et on mit tout en œuvre pour ne point blesser inutilement les sentiments de la veuve et du frère du défunt.

Frankie et Roger firent leur déposition, ainsi que le docteur Nicholson... on lut la lettre d'adieu d'Henry et, très vite, on fit connaître le verdict des jurés : « Suicide commis dans un accès de déséquilibre mental. »

Verdict indulgent, habituel en la circonstance, avait dit Mr Spragge en parlant du suicide de Mr Savage, le millionnaire.

Deux suicides commis dans un moment de folie... Existait-il une relation entre ces deux morts ?

Que le suicide d'Henry Bassington-ffrench fût réel, cela ne faisait aucun doute aux yeux de Frankie. Elle-même en avait été, pour ainsi dire, témoin. Bobby devait renoncer à ses idées de meurtre. L'alibi du docteur Nicholson se trouvait soutenu par la déposition de la veuve elle-même.

Frankie et Roger Bassington-ffrench s'attardèrent après les autres dans la salle. Le coroner avait serré la main de Sylvia en lui adressant quelques paroles de sympathie.

— Frankie, dit Sylvia au moment de sortir, je crois que des lettres sont arrivées à votre nom au courrier de ce matin. Excusez-moi de m'en aller si vite. Je vais me reposer un peu. Quels horribles moments je viens de passer !

Elle frisonna et quitta la salle. Nicholson la suivit en lui conseillant de prendre un sédatif.

Frankie se tourna vers Roger qui marchait auprès d'elle.

— Bobby a disparu, lui annonça-t-elle.

— Disparu ?

— Oui.

— Comment cela ?

Elle lui fournit rapidement quelques explications.

— Et on ne l'a pas revu depuis?

— Non. Qu'en pensez-vous?

— Rien de bon.

Le cœur de Frankie faillit lui manquer.

— Alors, vous croyez...

— Oh! il ne lui est peut-être rien arrivé... Voici le médecin.

Nicholson reparut de son pas silencieux. Tout souriant, il se frottait les mains.

— Cela s'est passé le mieux du monde... Le docteur Davidson a été parfait. Félicitons-nous de l'avoir eu comme coroner.

— Bien sûr, dit Frankie d'un ton machinal.

— Sachez que c'est très important, Lady Frances. La conduite du tribunal d'enquête dépend entièrement du coroner. Il exerce des pouvoirs très étendus et peut vous créer mille difficultés. Cette fois-ci, tout a marché comme sur des roulettes.

— Une comédie parfaitement jouée, en effet.

Nicholson la regarda avec stupéfaction.

— Je comprends le sentiment de Lady Frances, d'autant plus que je le partage, souligna Roger. Docteur Nicholson, mon frère a été assassiné.

Il se tenait derrière Nicholson et ne vit point le regard épouvanté de celui-ci. Seule, Frankie le remarqua.

— Je sais ce que j'avance, insista Roger. La loi peut interpréter différemment ce décès; n'empêche qu'il y a eu meurtre. Les infâmes criminels qui ont aidé mon frère à s'adonner à la drogue l'ont tué aussi sûrement que s'ils lui avaient enfoncé un couteau dans la gorge.

Il avança de quelques pas et plongea son regard dans les yeux du médecin.

— Leur tour viendra!

Le docteur Nicholson secoua la tête.

— Là-dessus, nous sommes d'accord, dit-il. Je suis mieux renseigné que vous sur les méfaits de la drogue, monsieur Bassington-ffrench, et celui qui pousse un de ses semblables à absorber ce poison commet un crime odieux.

Les idées tourbillonnaient dans le cerveau de Frankie.

« Ce ne peut être que lui, se disait-elle. Son alibi n'est fondé que sur la parole de Sylvia. En ce cas... »

Au moment où elle se levait, le docteur Nicholson lui demanda :

— Vous êtes venue en auto, Lady Frances. Cette fois pas d'accident, au moins?

— Non. C'est une spécialité que je n'ambitionne pas. Et vous?

Il lui sembla discerner un tremblement de paupières chez Nicholson.

— Sans doute est-ce votre chauffeur qui conduisait?

— Mon chauffeur a disparu, déclara Frankie, regardant le médecin droit dans les yeux.

— Vraiment?

— On l'a vu pour la dernière fois sur la route de « La Grange ».

Nicholson leva les sourcils.

— Bizarre... qui aurait pu l'attirer de ce côté?

— Je sais seulement qu'on l'a aperçu là-bas pour la dernière fois.

— Vous prenez un ton tout à fait dramatique et vous attachez trop d'importance aux cancans du village. Il paraît que ces gens font courir les histoires les plus insensées. Il poursuivit sur un ton légèrement différent : il m'est venu aux oreilles que votre chauffeur a été vu en conversation avec ma femme au bord de la rivière... C'est un garçon bien élevé, paraît-il.

« Et voilà! se dit Frankie. Il va maintenant prétendre que sa femme est partie avec mon chauffeur. Je vois clair dans son jeu. »

Elle déclara :

— Hawkins possède une éducation au-dessus de la moyenne des chauffeurs.

Nicholson se tourna vers Roger.

— A présent, je vous quitte. Toutes mes sympathies pour vous et Mrs Bassington-ffrench.

Roger le suivit dans le vestibule. Frankie s'y rendit après eux. Sur la table, elle remarqua deux enveloppes à son nom. L'une d'elles contenait une facture. L'autre...

Son cœur sauta dans sa poitrine. Elle venait de reconnaître l'écriture de Bobby.

Nicholson et Roger se trouvaient sur le perron. Elle déchira l'enveloppe et lut :

« Chère Frankie,

« Enfin, je suis sur la piste. Rejoignez-moi le plus tôt possible à Chipping Somerton. Venez de préférence par chemin de fer. Votre Bentley est trop voyante. Les trains ne sont guère commodes, mais faites votre possible pour arriver sans tarder. Rendez-vous dans une maison appelée *Tudor Cottage.* Je vais vous expliquer exactement l'itinéraire à suivre. Ne demandez point votre route. (Suivaient des instructions détaillées concernant la direction à prendre.) Est-ce compris? Pas un mot à *personne.* (Ces mots étaient fortement soulignés.) *A personne!*

« Toujours sincèrement à vous,

« BOBBY. »

Frankie froissa la lettre dans la paume de sa main. Ainsi, tout marchait bien, Bobby sain et sauf.

Il était sur la piste... et, coïncidence bizarre, sur la même piste qu'elle. Frankie était allée à Somerset House consulter le testament de John Savage. Rose Emily Templeton y était désignée comme épouse d'Edgar Templeton, habitant *Tudor Cottage* à Chipping Somerton. De plus, Chipping Somerton figurait sur la page ouverte de l'indicateur A.B.C. trouvé dans le logement vide de St Leonard's Gardens. Les Cayman étaient partis pour Chipping Somerton.

Tout concordait admirablement. Ils approchaient du but.

Roger Bassington-ffrench revint vers elle.

— Rien de sensationnel dans votre courrier ?

Frankie hésita. Certes, Bobby ne songeait pas à Roger lorsqu'il lui conseillait de ne rien révéler à personne.

Alors elle se rappela les mots soulignés... elle se souvint aussi de ses soupçons... S'ils étaient fondés, Roger pourrait la trahir sans même s'en douter. Elle n'osa formuler devant lui les pensées qui avaient assailli son cerveau.

Elle se contenta de répondre :

— Non, rien d'important.

Vingt-quatre heures ne s'étaient pas écoulées qu'elle regrettait déjà cette décision.

Au cours des heures qui suivirent, elle regretta également d'avoir suivi le conseil de Bobby et laissé la Bentley à Merroway. Chipping Somerton n'était pas très éloigné à vol d'oiseau, mais par chemin de fer il fallait changer trois fois avec, chaque fois, une longue attente dans les gares de campagne. Ce mode de voyage ne convenait guère à l'impétuosité naturelle de la jeune fille, mais pourtant elle dut reconnaître que Bobby avait eu raison : la Bentley était par trop visible.

Il faisait déjà sombre quand le train de Frankie s'arrêta à la petite station de Chipping-Somerton. La pluie tombait. Frankie boutonna le col de son manteau et se mit en route.

Le chemin était facile à reconnaître. La jeune fille aperçut bientôt les lumières du village, tourna à gauche et prit un sentier montant. Arrivée au bout, elle tourna à droite et vit, au pied de la colline, le groupe de maisons composant le village et tout près d'elle une jolie clôture en bois. Elle craqua une allumette et lut ces deux mots : *Tudor Cottage*.

Personne en vue. Frankie leva le loquet et entra. Au milieu d'une ceinture de sapins, elle distingua la silhouette de la maison. Elle se posta derrière un arbre, d'où elle voyait parfaitement la porte d'entrée. Alors, le cœur battant, elle imita de son mieux le cri du hibou. Quelques minutes s'écoulèrent et rien ne se produisit. Elle répéta le cri.

La porte du cottage s'ouvrit et elle aperçut un homme vêtu d'une livrée de chauffeur qui jetait un regard prudent au dehors. Il lui fit signe de venir, puis retourna à l'intérieur, laissant la porte ouverte.

Frankie quitta son refuge et courut vers la porte. Elle franchit le seuil et pénétra dans le sombre vestibule. Puis elle s'arrêta et essaya de voir autour d'elle.

— Bobby ?

Son odorat lui fournit le premier avertissement. Où donc avait-elle senti cette odeur lourde et fade ?

Au moment où elle se disait « chloroforme », des bras solides l'empoignaient par derrière. Elle ouvrit la bouche pour crier, mais un tampon humide l'em-

pêcha d'articuler un son. L'odeur écœurante enva-
hissait ses narines.

Elle lutta désespérément... En vain... Ses forces
l'abandonnèrent. Un bourdonnement remplit ses
oreilles et elle eut l'impression d'étouffer. Bientôt
elle tomba dans l'inconscience.

CHAPITRE XXVIII

A LA ONZIÈME HEURE

Lorsque Frankie reprit connaissance, elle fut en proie à d'horribles nausées consécutives à la réaction du chloroforme. Elle avait les pieds et les mains liés et était allongée sur un dur parquet ; elle réussit à se déplacer en roulant sur elle-même et sa tête vint heurter un seau à charbon. Où était-elle ? Elle s'en rendit compte assez vite. Un espèce de grenier, éclairé seulement par une lucarne, d'où tombait une clarté bien faible. D'ici peu, l'obscurité remplirait la pièce. Frankie vit quelques tableaux appuyés au mur, un vieux lit de fer, deux ou trois chaises cassées et divers objets, dont le seau à charbon.

Elle perçut un gémissement venant d'un coin du grenier.

Les liens de Frankie n'étaient pas très serrés et lui permettaient de se déplacer en se traînant sur le parquet poussiéreux.

— Bobby !

C'était, en effet, Bobby, pieds et poings liés, en outre bâillonné, mais il avait réussi à dénouer presque entièrement le bâillon. Frankie vint à son aide.

Bien qu'attachées ensemble, ses mains pouvaient lui rendre quelque service.

Enfin, Bobby parvint à prononcer le nom de Frankie.

— Je suis heureuse que nous nous retrouvions ensemble, dit Frankie, à voix basse, mais on nous a pris pour des imbéciles, je crois.

— Je le crois aussi, soupira tristement Bobby.

— Comment vous ont-ils pris? demanda Frankie. Avant ou après que vous m'ayez écrit?

— Je vous ai écrit, moi? Première nouvelle.

— Que je suis donc sotte! J'aurais dû m'en douter... toutes ces recommandations de n'avertir personne!

— Écoutez, Frankie. Je vais vous raconter mon histoire; ensuite, vous me mettrez au courant de la vôtre.

Il narra son voyage à « La Grange », dont le triste épilogue l'avait conduit à ce grenier.

— Je suis revenu à moi dans ce lieu même. Il y avait un peu de nourriture et de boisson sur un plateau. Mourant de faim, j'y goûtai. Sans doute ces aliments étaient-ils drogués, car le sommeil s'est emparé de moi aussitôt. Quel jour sommes-nous?

— Vendredi.

— Et j'ai reçu ce fameux coup sur le crâne mercredi soir. Depuis, je suis resté dans une demi-inconscience. Dites-moi à présent ce qui s'est passé pour vous.

Frankie fit le récit de ses aventures, en commençant par sa visite à Mr Spragge jusqu'au moment où elle crut reconnaître la silhouette de Bobby dans l'encadrement de la porte.

— Alors, ils m'ont chloroformée et j'ai eu mal au cœur.

— Qu'allons-nous faire, Frankie?

— Si seulement j'avais parlé à Roger de votre

lettre! J'y avais d'abord pensé, puis j'ai hésité et j'ai suivi exactement « vos » instructions.

— En sorte que personne ne sait où nous sommes. Ma chère, la situation n'est pas drôle!

— Nous étions un peu trop sûrs de nous-mêmes.

— Autre chose m'intrigue. Pourquoi ne nous a-t-on pas assommés d'un bon coup sur la tête? Nicholson ne doit pas s'arrêter à de tels scrupules.

— Il a sûrement un plan.

— Eh bien! ayons-en un, nous aussi. Il faut absolument sortir d'ici. Comment nous y prendre?

— Appelons au secours.

— Un passant pourrait nous entendre. Mais le fait que Nicholson ne vous a pas bâillonnée indique assez l'inutilité de nos appels. Vos mains sont liées de façon plus lâche que les miennes. Si j'essayais de les dénouer avec mes dents?

« C'est curieux comme ce genre d'opération paraît facile dans les romans! soupira Bobby. Mais j'ai l'impression que mes efforts ne produisent aucun effet.

— Mais si, protesta Frankie. La corde se desserre. Attention! Quelqu'un monte!

Elle se roula loin de Bobby. Un pas lourd gravissait l'escalier. Un trait de lumière filtra sous la porte. Une clef fut introduite dans la serrure et la porte s'ouvrit lentement.

— Et comment vont nos deux tourtereaux? demanda le docteur Nicholson.

Il portait une bougie à la main. Bien que son chapeau fût abaissé sur ses yeux et que le col relevé de son grand manteau cachât à demi son visage, sa voix suffit pour le trahir.

Il hocha la tête et dit d'un ton enjoué :

— C'est impardonnable de vous être laissé prendre si facilement au piège, charmante demoiselle.

Ni Frankie ni Bobby ne soufflaient mot. L'avantage de la situation appartenait indiscutablement à Nicholson et il leur était bien difficile de répondre.

Nicholson posa son bougeoir sur une chaise.

Il examina les liens de Bobby et approuva d'un signe de tête, puis il se dirigea vers Frankie.

— Ainsi qu'on me l'a souvent répété dans mon enfance, les doigts existaient avant les fourchettes, et on a employé les dents avant de se servir des doigts. Je constate que les dents de votre ami ont admirablement manœuvré.

Une lourde chaise en chêne, au dossier brisé, se trouvait dans un coin.

Nicholson souleva Frankie, l'assit sur ce siège et consolida ses liens.

— J'espère que vous n'êtes pas trop gênée. Votre supplice ne durera pas longtemps.

Frankie retrouva sa langue.

— Qu'allez-vous faire de nous?

Nicholson retourna vers la porte et reprit sa bougie.

— Lady Frances, vous m'avez reproché de trop aimer les accidents. C'est peut-être vrai. En tout cas, je vais en simuler un nouveau.

— Qu'entendez-vous par là?

— Vous voulez tout savoir? Eh bien, soit! Lady Frances Derwent est en train de conduire son automobile, son chauffeur assis à côté d'elle. La jeune femme prend une vieille route conduisant à une carrière. La voiture dégringole dans le ravin. Lady Frances et son chauffeur sont tués sur le coup.

— Pas nécessairement, observa Bobby. Il faut compter avec l'imprévu. Un de vos plans a déjà échoué dans le pays de Galles.

— Votre puissance d'absorption de morphine est prodigieuse. Mais cette fois vous et Lady Frances serez bel et bien morts lorsqu'on découvrira vos corps.

Malgré lui, Bobby frissonna. La voix de Nicholson contenait une note de satisfaction... On eût dit d'un artiste contemplant un chef-d'œuvre.

— Vous vous trompez, dit fermement Bobby, surtout en ce qui concerne Lady Frances.

— C'est exact, appuya Frankie. Dans cette lettre si adroitement imitée, vous me conseilliez de n'apprendre à personne l'endroit où je me rendrais. Eh bien! j'ai cru bon de faire exception pour Roger Bassington-ffrench. Il sait tout. S'il nous arrive malheur, il vous dénoncera à la justice. Vous feriez bien mieux de nous rendre notre liberté et de quitter ce pays au plus vite.

Nicholson garda un instant le silence.

— J'appelle cela de l'esbroufe! s'exclama-t-il en se tournant vers la porte.

— Et votre femme? L'avez-vous tuée? cria Bobby.

— Moira est encore en vie. Pour combien de temps, je ne sais pas au juste. Tout dépend des circonstances.

Il leur adressa un petit salut ironique.

— Au revoir! Je pense avoir terminé mes préparatifs d'ici deux heures. En attendant, je vous autorise à discuter votre sort. Mais si vous appelez au secours, je viens vous régler votre compte.

Il sortit et referma la porte à clef.

— Ce n'est pas vrai, déclara Bobby. Les choses ne se passent pas ainsi.

— Dans les romans, il surgit toujours un sauveur de la onzième heure, déclara Frankie pour essayer de ranimer leur courage.

— C'est une situation invraisemblable. Nicholson lui-même me fait l'effet d'un être imaginaire. Je souhaite l'apparition de votre sauveur de la onzième heure. Mais je ne vois pas qui pourrait venir à notre secours.

— Si seulement j'avais parlé de mes projets à Roger.

— Peut-être Nicholson croit-il que vous l'avez fait.

— Non. Il ne m'a pas crue. Cet homme est trop rusé.

— Bien plus rusé que nous. Frankie, savez-vous ce qui me tracasse le plus ?

— Non.

— Eh bien ! c'est qu'en cet instant, alors que nous allons être précipités dans l'autre monde, nous ignorons encore qui est le fameux Evans.

— Demandons-le à notre bourreau... comme ultime faveur. Il ne peut nous refuser. Je suis aussi curieuse que vous, Bobby, et je ne voudrais pas mourir sans savoir qui est Evans.

Tous deux se turent, puis Bobby demanda :

— Pensez-vous que nous devrions appeler au secours ? C'est notre dernière chance de salut.

— Pas encore. D'abord, personne ne peut nous entendre... sans quoi il nous aurait bâillonnés. Nous ne crierons qu'au dernier moment. J'éprouve un énorme soulagement de vous avoir près de moi et de pouvoir vous parler, Bobby.

Sa voix se brisa sur ces derniers mots.

— Frankie, je vous ai entraînée dans une fichue histoire.

— Ne regrettez rien. C'est moi qui ai voulu en être. Croyez-vous qu'il mettra son plan à exécution ?

— J'en ai bien peur. Il est capable de tout.

— Croyez-vous à présent que c'est lui l'assassin d'Henry Bassington-ffrench ?

— Si cela était possible...

— Cela est possible... à une condition : que Sylvia soit sa complice.

— Frankie!

— Évidemment, cette pensée m'a fait horreur dès le début. Mais en y réfléchissant bien, pourquoi se montrait-elle si aveugle au sujet de la drogue prise par son mari?... Pourquoi s'opposait-elle si fort à ce qu'on envoyât celui-ci ailleurs qu'à « La Grange »? En outre, elle se trouvait dans la maison lorsque le coup de feu a été tiré...

— C'est peut-être elle qui a tiré.

— Oh ! non!

— Pourquoi pas? Ensuite, elle a remis la clef du bureau à Nicholson qui l'aura glissée dans la poche d'Henry.

— Il devrait exister des signes distinctifs pour reconnaître les criminels. Dans les sourcils, les oreilles...

— Mon Dieu!

— Qu'y a-t-il?

— Frankie, c'est un autre que Nicholson qui est venu tout à l'heure.

— Vous perdez la tête! Qui est-ce, alors?

— Je ne sais pas, mais ce n'est pas Nicholson. J'ai eu tout le temps l'impression de ne pas me trouver devant le véritable personnage, sans d'ailleurs m'expliquer pourquoi. Le fait de vous entendre parler d'oreilles me remet un détail dans la mémoire. L'autre soir, lorsque j'observais Nicholson par la fenêtre j'ai remarqué ses oreilles... les lobes sont collés aux joues. Or, les oreilles de notre interlocuteur ne présentaient point cette particularité.

— Qu'est-ce que cela signifie?

— Qu'un habile comédien se fait passer pour Nicholson.

— Pourquoi? et qui cela pourrait-il être?

— Bassington-ffrench, répondit Bobby. Roger Bassington-ffrench! Dès le début, nous avons découvert le vrai coupable, et, par la suite, comme des sots, nous avons lâché la proie pour l'ombre.

Frankie réfléchit un moment.

— Bassington-ffrench. Bobby, je crois que vous avez raison. Ce doit être lui. Il était seul présent quand j'ai fait allusion aux accidents devant Nicholson.

— Donc, plus rien à espérer. Je conservais encore quelque espoir que Roger Bassington-ffrench découvrirait par miracle notre prison... Personne ne sait où nous sommes. Nous sommes perdus, Frankie!

A peine achevait-il ces paroles qu'un bruit se produisit au-dessus de leurs têtes. L'instant d'après, avec un craquement terrible le corps d'un homme passait à travers la lucarne.

Parmi les éclats de verre brisé, une voix s'éleva :

— B-b-b-bobby!

— Nom de nom! C'est Badger!

CHAPITRE XXIX

LE RÉCIT DE BADGER

Il n'y avait pas une seconde à perdre. Déjà on entendait du bruit à l'étage au-dessous.

— Vite. Badger! Enlève un de mes souliers! Obéis et laisse là tes questions! Tire-le comme tu pourras et pose-le au milieu du verre cassé. Vite! Cache-toi sous le lit. Vite! te dis-je.

Des pas montaient dans l'escalier. La clef tourna dans la serrure.

Nicholson — le pseudo-Nicholson — se tenait dans l'embrasure de la porte, bougie en main.

Il vit Frankie et Bobby tels qu'il les avait laissés, mais au milieu du grenier il aperçut un tas de verre brisé au milieu duquel gisait un soulier.

Surpris, il regarda les pieds de Bobby.

— Je vous félicite, mon petit ami, dit-il d'un ton sec. Voilà une acrobatie sensationnelle.

Il se dirigea vers le jeune homme, examina les liens et y ajouta un ou deux nœuds supplémentaires.

— Je voudrais bien savoir comment vous avez

réussi à lancer votre soulier contre les vitres. Cela tient du prodige!

Il regarda ses deux prisonniers, leva les yeux vers la lucarne, haussa les épaules et sortit.

— Vite, Badger!

Celui-ci sortit de dessous le lit. A l'aide de son canif, il coupa rapidement les liens de Frankie et Bobby.

— Ouf! dit Bobby. Je suis tout ankylosé. Eh bien! Frankie, que pensez-vous de notre ami Nicholson?

— Vous avez raison, c'est bien Roger Bassington-ffrench. Maintenant, je le reconnais. Mais il imite Nicholson à merveille.

— Du moins pour la voix et les lunettes.

— A Oxford, je me trouvais avec un B-b-b-b-as-sington-ffrench, dit Badger. Un acteur exc-c-c-cellent, mais mauvaise t-t-t-ête. Une sale histoire, avec un ch-ch-chèque sur lequel il imita le n-n-om de son père. Le vieux l'a mis à la p-p-p-p-orte!

La même idée se présenta à l'esprit de Bobby et à celui de Frankie. Badger, que tous deux avaient écarté de leurs confidences, aurait pu les renseigner utilement.

— Faux en écritures, dit Frankie. Cette lettre signée de vous était parfaitement imitée, Bobby. Où a-t-il pu avoir votre écriture?

— S'il est affilié aux Cayman, il a probablement vu ma lettre concernant Evans.

La voix de Badger s'éleva, plaintive.

— Et m-m-m-aintenant, qu'a qu'a-qu'a-qu'a-qu'a-lons-nous faire?

— Nous poster tous les deux derrière cette porte, dit Bobby. Lorsque notre ami reviendra (ce ne sera sûrement pas tout de suite), nous nous jetterons sur lui par derrière sans crier gare. Que penses-tu de cette idée?

— J'en suis.

— Quant à vous, Frankie, au moindre bruit de pas, vous vous remettez sur votre chaise. En ouvrant la porte, il vous verra et entrera sans méfiance.

— Fort bien. Dès que vous l'aurez jeté à terre, je viendrai à la rescousse et lui serrerai la gorge.

— Voilà une petite femme courageuse! Badger raconte-nous à présent quel miracle t'a conduit jusqu'à nous.

— Quand vous êtes partis, j'ai connu la pu-pu-pu-pu-rée noire...

Bribes par bribes, ses amis arrachèrent à Badger, son histoire... vrai désastre, avec dettes et tout le cortège des créanciers et huissiers... Bobby avait filé sans laisser d'adresse, en disant simplement à son ami qu'il conduisait la Bentley à Staverley. Et Badger était accouru à Staverley.

— J'espérais que-que-que tu me prêterais cinq-cinq-cinq livres,

Au fond, Bobby se reprochait d'avoir lâché son associé pour jouer au détective avec Frankie, alors que ce brave Badger ne semblait point lui en tenir rigueur.

Badger ne songeait point à entraver les mysté-rieuses entreprises de Bobby ; il avait cru qu'il était facile de repérer, dans un petit village comme Sta-verley, une automobile comme la Bentley verte de Frankie. Et, avant d'arriver à Staverley, il avait aperçu la voiture vide sur la route, devant une au-berge.

— Alors j'ai-j'ai voulu vous faire une pe-pe-petite sur-sur-surprise. A l'arrière se trouvaient des couvertures et il n'y avait personne en vue. Je me gli-gli-glissai dessous les couvertures et attendis votre arrivée.

Mais voici ce qui s'était passé. De l'auberge sortit un chauffeur en livrée verte et Badger, regardant à la dérobée de dessous ses couvertures, constata que ce chauffeur n'était pas Bobby. Il lui sembla que le visage de l'homme en livrée ne lui était pas inconnu, mais il ne put l'identifier. L'inconnu monta sur le siège et la voiture partit.

Dans cette situation embarrassante, Badger ne savait quelle décision prendre. Des explications et des excuses n'étaient pas faciles à donner à un chauffeur qui conduisait à quatre-vingts à l'heure. Badger fit le mort, décidé à se glisser hors de la voiture au prochain arrêt...

Parvenu à destination, c'est-à-dire *Tudor Cottage*, le chauffeur rentra l'auto au garage et s'éloigna après avoir fermé les portes : Badger était prisonnier. Par la petite fenêtre du garage, une demi-heure plus tard, il fut témoin de l'arrivée de Frankie, entendit son appel et la vit entrer dans la maison.

Intrigué au plus haut point, il commença de flairer quelque chose de louche et résolut de jeter un coup d'œil à l'intérieur du cottage.

A l'aide de quelques outils trouvés dans le garage, il réussit à forcer la serrure et sortit pour inspecter les lieux. Tous les volets du rez-de-chaussée étaient clos et Badger monta sur le toit dans l'espoir de se glisser par une des fenêtres du premier étage.

La montée sur le toit fut l'affaire d'un instant. Une gouttière longeant le bord du garage et gagnant le toit de la maison offrait un moyen d'escalade des plus aisés. Dans son excursion aérienne, Badger arriva sur la lucarne du grenier ; la nature et le poids du jeune homme firent le reste.

Bobby poussa un long soupir lorsque Badger acheva son récit.

— Sache, mon cher Badger, que tu nous sauves

la vie. Sans toi, Frankie et moi serions deux jolis cadavres d'ici une heure.

Il mit Badger au courant de ses faits et gestes et de ceux de Frankie. Il allait achever son récit, lorsqu'il sursauta :

— On vient. A votre poste, Frankie! Voici le moment de donner une bonne leçon à notre excellent comédien Bassington-ffrench.

Frankie, sur la chaise sans dossier, affecta une attitude prostrée, Bobby et Badger se placèrent à côté de la porte, prêts à l'attaque.

Les pas approchaient, un rayon lumineux filtra sous la porte. La clef tourna dans la serrure, la porte s'ouvrit toute grande. La lumière de la bougie éclaira Frankie affalée sur sa chaise. Leur geôlier avança vers elle.

Alors d'un seul élan, Badger et Bobby bondirent sur lui.

Attaqué par surprise, l'homme fut renversé sur le sol ; la bougie roula au loin et Frankie la ramassa. Quelques secondes plus tard, les trois amis contemplaient avec un malicieux plaisir leur ennemi ficelé avec les mêmes liens qui avaient ligoté deux d'entre eux.

— Bonsoir, monsieur Bassington-ffrench, dit Bobby. Quelle belle nuit pour un enterrement!

CHAPITRE XXX

LA FUITE

L'homme étendu sur le parquet les regardait fixement. Ses lunettes ainsi que son chapeau étaient tombés dans la lutte. Impossible de déguiser plus longtemps son identité. De légères traces de maquillage se voyaient autour des sourcils, mais par ailleurs c'étaient les traits agréables de Roger Bassington-ffrench.

A présent, il parlait de sa belle voix de ténor.

— Je savais, parbleu! qu'un homme ligoté, comme vous l'étiez, ne pouvait lancer sa chaussure à travers cette lucarne. Mais comme votre soulier gisait là au milieu des débris de verre, j'ai conclu que l'impossible s'était produit.

Comme personne ne disait mot, il poursuivit du même ton pensif.

— Ainsi donc, vous avez gagné la partie. Dénouement inattendu et fort agréable. Je croyais pourtant bien vous avoir bernés.

— Jusque-là vous n'y aviez pas trop mal réussi. C'est vous sans doute l'auteur de cette fausse lettre de Bobby?

— Je possède un certain talent d'imitation...

— Et comment avez-vous enlevé Bobby?

Toujours allongé sur le dos, et ligoté, Roger semblait goûter un réel plaisir à les renseigner.

— Certain qu'il se rendrait à « La Grange », je l'attendis, dissimulé au bord du sentier, dans les buissons. Lorsqu'il battit en retraite après être tombé de son arbre et que l'agitation produite par le bruit se fut apaisée, je le frappai d'un coup net sur la nuque à l'aide d'une matraque en caoutchouc. Je le transportai jusqu'à l'endroit où j'avais arrêté ma voiture, le jetai dans le fond et l'amenai ici. Avant l'aube, j'étais de retour à Merroway.

— Et Moira? demanda Bobby. Êtes-vous parvenu à l'enlever par quelque supercherie?

Roger sourit de nouveau.

— La contrefaçon est un art des plus utiles, mon cher Jones.

— Espèce de brute!

Frankie intervint. Sa curiosité n'était pas satisfaite et leur prisonnier paraissait disposé à parler.

— Pourquoi vous êtes-vous fait passer pour le docteur Nicholson?

— En effet, pourquoi? (Roger semblait se poser la question à lui-même.) Eh bien, eu partie pour voir si j'étais capable de vous duper tous les deux. Vous étiez si sûrs de la culpabilité du pauvre vieux Nicholson! Simplement parce qu'il vous a interrogée sur votre accident... avec son air solennel. C'est un de ses moindres travers : il adore entrer dans les détails.

— Alors, il est innocent? questionna Frankie.

— Comme l'enfant qui vient de naître. Mais il m'a rendu un fier service en attirant mon attention sur votre accident... cela m'a éclairé sur votre compte...

cela et autre chose. Un matin, alors que vous téléphoniez, je me tenais près de vous et j'entendis
votre chauffeur vous appeler « Frankie ». J'ai l'ouïe
assez fine. Je me suis offert à vous accompagner en
ville et vous avez accepté... mais je crois vous avoir
soulagée d'un grand poids en changeant d'avis. Je
dois dire que je m'amusais follement à vous entendre
accuser ce brave Nicholson. Incapable de faire du
mal à une mouche, il possède le physique du *super-
criminel* dans les films. Pourquoi ne pas vous laisser
mijoter dans votre erreur ? Mais on ne peut tout prévoir. Les plans les mieux échafaudés échouent parfois,
ainsi que le démontre ma défaite actuelle.

— Il vous reste un détail à m'apprendre, dit
Frankie. Qui est cet Evans ?

— Non, vraiment, vous ne le savez pas ? dit
Bassington-ffrench en éclatant de rire de nouveau.
Dieu ! que c'est drôle ! Cela montre à quel point on
peut être idiot !.

— A qui faites-vous allusion ?

— Non... à moi. Après tout, si vous ignorez qui
est Evans, je ne vois pas pourquoi je vous l'appren-
drais !... Je garde ce petit secret pour moi.

La situation devenait ridicule. Bassington-ffrench,
à présent leur prisonnier, ligoté sur le parquet triom-
phait et semblait leur dicter la loi.

— Puis-je connaître vos projets ? leur demanda-
t-il.

Pour l'instant, aucun d'eux n'en avait formé.
Bobby balbutia cependant quelques mots concernant la police.

— C'est le meilleur parti à prendre, approuva
Roger. Téléphonez au prochain poste et livrez-moi.
On m'inculpera d'enlèvement. Il me sera bien diffi-
cile de nier l'évidence, mais j'aurai comme circons-

tance atténuante un amour irrésistible, ajouta-t-il en regardant Frankie, qui devint très rouge.

— Vous aurez également à répondre d'un meurtre.

— Les preuves, ma chère enfant ? Vous n'en pouvez fournir aucune.

— Badger, dit Bobby à son ami, reste ici pour surveiller ce lascar pendant que je téléphonerai à la police.

— Soyez prudent, conseilla Frankie. Nous ignorons s'il n'y a pas de complices dans la maison.

— J'opère seul, affirma Roger.

— Je ne suis pas disposé à vous croire sur parole, répliqua brusquement Bobby.

Il se pencha pour vérifier la solidité des liens du prisonnier.

— Il ne peut bouger. Descendons ensemble et fermons la porte à clef.

— Vous êtes méfiant au possible, mon cher, observa Roger. Si vous le désirez, prenez mon revolver dans ma poche.

Dédaignant le ton moqueur de son prisonnier, Bobby se baissa et prit l'arme.

— Attention ! Il est chargé.

Bobby saisit la bougie et tous trois sortirent du grenier, abandonnant Roger, solidement ficelé. Bobby ferma la porte avec soin, puis glissa la clef dans sa poche. Il tenait le revolver à la main.

— Je passe le premier.

— Qu-qu-qu-quel drô-ô-ô-ô-le d'oiseau ! dit Badger, parlant de l'homme qu'ils venaient de quitter.

— En tout cas, il est beau joueur, dit Frankie.

Même à présent, elle restait sous le charme de cet étrange personnage.

Un petit escalier étroit les conduisit au premier étage. Là, tout était silencieux, Bobby jeta un coup d'œil par-dessus la rampe et vit le téléphone en bas, dans le vestibule.

— Inspectons ces chambres avant d'aller plus loin. On pourrait nous attaquer par derrière.

Badger ouvrit les portes l'une après l'autre. Des quatre chambres à coucher, trois étaient vides. Dans la quatrième, ils virent une forme mince étendue sur le lit.

— C'est Moira! s'exclama Frankie.

Les deux autres s'approchèrent. Moira semblait sans connaissance ; elle respirait très faiblement.

— Dort-elle? demanda Bobby, inquiet.

— Je crois qu'on l'a droguée, dit Frankie.

Elle inspecta la chambre et vit, sur une soucoupe, près de la fenêtre, une seringue hypodermique, une petite lampe à alcool et un genre d'aiguille servant pour la morphine.

— Elle ne tardera sans doute pas à revenir à elle, mais nous devrions appeler un médecin.

Tous trois descendirent dans le vestibule. Frankie appréhendait une coupure dans les fils téléphoniques, mais ses craintes n'étaient pas fondées. Bobby obtint facilement le poste de police locale, mais éprouva de grandes difficultés à expliquer la situation. Les policiers croyaient à une farce.

Ayant enfin réussi à les convaincre, Bobby raccrocha le récepteur avec un soupir. Il avait également demandé un médecin et le policier avait promis d'en amener un.

Dix minutes plus tard, une automobile s'arrêta devant *Tudor Cottage*, transportant un inspecteur, un constable et un homme d'âge mûr dont l'aspect révélait la profession.

Après leur avoir expliqué en détail toute l'aventure, Bobby et Frankie les conduisirent au grenier.

Bobby ouvrit la porte... et resta bouche bée sur le seuil : au milieu du plancher il vit un tas de cordes coupées et, sous la lucarne, une chaise placée sur le lit, qu'on avait traîné à l'endroit propice.

Plus de Roger Bassington-ffrench dans le grenier.

Bobby, Frankie et Badger en demeurèrent interdits.

— C'est de la sorcellerie! s'exclama Bobby. Comment diable a-t-il réussi à se défaire de ses liens?

— Il avait peut-être un couteau dans sa poche, observa Frankie.

— Comment aurait-il pu s'en servir avec les deux mains liées derrière le dos?

L'inspecteur toussota. Ses premiers soupçons reparaissaient. Il se croyait être le jouet de mauvais plaisants.

Frankie et Bobby recommencèrent une longue histoire qui, de minute en minute, s'avérait invraisemblable.

Le médecin les tira d'affaire.

En entrant dans la chambre où Moira était étendue, il déclara que la jeune femme avait été droguée avec de la morphine ou quelque préparation à l'opium. Il jugeait son état sans gravité et pensait qu'elle se réveillerait naturellement dans quatre ou cinq heures.

Il proposa de l'emmener dans une maison de santé du voisinage.

Bobby et Frankie ne soulevèrent aucune objection. Avant eux-mêmes décliné leurs nom et adresse à l'inspecteur de police, qui eut l'air de mettre en doute la déclaration de Frankie, ils quittèrent *Tudor Cottage* et, sur l'injonction de l'inspecteur, se logèrent dans le village, à l'*Hôtel des Sept Étoiles*.

Toujours sous l'impression qu'on les considérait comme des malfaiteurs, les trois amis gagnèrent leurs chambres : une chambre à deux lits pour Bobby et Badger et un cabinet pour Frankie.

Quelques minutes plus tard, Bobby entendit frapper à sa porte.

C'était Frankie.

— Je songe à une chose, annonça-t-elle. Si cet imbécile d'inspecteur persiste à croire que nous lui avons monté un bateau, j'ai de quoi lui prouver que j'ai été chloroformée.

— Comment cela ?

— J'ai eu le mal de mer dans le seau à charbon !

CHAPITRE XXXI

FRANKIE POSE UNE QUESTION

Fatiguée par toutes ses aventures de la journée, Frankie s'éveilla tard le lendemain matin. Il était dix heures et demie lorsqu'elle descendit pour déjeuner. Bobby l'attendait.

— Enfin, vous voilà, Frankie. Bonjour!

— Bonjour, mon cher, dit Frankie en se laissant choir sur une chaise. Vous êtes insolent de vigueur, ce matin.

— Que prenez-vous? Ils ont du haddock, des œufs au bacon ou du jambon froid.

— Je prendrai du thé léger avec les rôties. Mais qu'avez-vous, Bobby?

— C'est sans doute l'effet du coup que j'ai reçu sur la nuque... Le choc a dû détacher certaines adhérences au cerveau. Je me sens un homme nouveau, plein de brillantes idées et d'un élan irrésistible.

— Nous attendons vos exploits.

— C'est déjà fait. Je viens de passer une demi-heure avec l'inspecteur Hammond. Pour le moment, Frankie, laissons croire à une joyeuse plaisanterie de notre part.

— Vous n'y songez pas, Bobby...

— J'ai dit *pour le moment*. Il nous faut découvrir le fond du mystère. Je ne tiens pas à faire arrêter Roger Bassington-ffrench pour enlèvement... Je veux qu'on l'arrête pour meurtre.

— Nous y parviendrons! déclara Frankie avec un sursaut d'énergie.

— Voilà qui est parlé, approuva Bobby. Buvez encore un peu de thé.

— Comment va Moira?

— Assez mal. Elle est venue ici morte de peur, pourrait-on dire. On l'a emmenée à Londres... dans une maison de santé de Queen's Gate. Elle s'y sentira plus en sûreté.

— Elle n'a jamais eu beaucoup de cran.

— N'importe qui aurait la frousse avec un assassin comme Roger Bassington-ffrench pour voisin.

— Il ne cherche pas à la tuer. C'est à nous qu'il en veut.

— Pour l'instant, il doit avoir assez à faire en ce qui le concerne. Maintenant, Frankie, à l'ouvrage! Nous devons en premier lieu remonter à la mort et au testament de John Savage...

— Si le coupable est Bassington-ffrench, le testament est probablement faux... car celui-ci s'y entend pour fabriquer des faux!

— Et il y a peut-être faux et meurtre. A nous de le préciser.

Frankie approuva d'un signe de tête.

— Je possède encore les notes prises par moi après avoir vu le testament. Les témoins sont Rose Cludleigh, cuisinière, et Albert Mere, jardinier. Nous retrouverons facilement ces gens-là. Il y a aussi Messrs Elford et Leigh, les notaires, qui ont dressé l'acte, une firme très honorable, assure Mr Spragge.

— Bien. Commençons par là, Frankie, allez voir ces messieurs, vous obtiendrez plus de renseignements que moi ; je vais me mettre à la recherche de Rose Cludleigh et d'Albert Mere.

— Que devient Badger ?

— Il n'est jamais levé avant midi.

— Il faudra que nous nous occupions de rétablir ses affaires, dit Frankie. Après tout, il nous a sauvé la vie.

— Malheureusement, il se chargera vite de les embrouiller de nouveau. A propos, que pensez-vous de ceci ?

Il lui tendit un morceau de carton plus ou moins propre... une photographie.

— Mr Cayman, dit Frankie sans hésiter. Où avez-vous trouvé ce portrait ?

— Je l'ai ramassé hier soir. Il avait glissé derrière le téléphone.

— Il est facile de savoir qui étaient, en réalité, Mr et Mrs Templeton.

A ce moment, une servante approchait, portant des rôties. Frankie lui montra la photographie.

— Connaissez-vous ce monsieur ? lui demanda-t-elle.

La tête penchée de côté, la servante examina la photo.

— J'ai déjà vu cette tête-là, mais je ne me souviens pas de qui il s'agit. Ah ! si !... c'est le monsieur qui habitait à *Tudor Cottage*... Mr Templeton. Lui et sa femme sont partis pour l'étranger.

— Que savez-vous de lui ?

— Pas grand-chose. Ils venaient rarement par ici... seulement de temps à autre passer une fin de semaine. On ne les voyait guère. Mrs Templeton était une jolie femme. Ils habitaient le cottage depuis six mois à peine... lorsqu'un homme très riche légua en mourant toute sa fortune à Mrs Templeton. Ils quittèrent aussitôt le village. Mais ils n'ont pas vendu la propriété. Il paraît qu'ils la prêtent à des amis pour passer les fins de semaine. Cependant, je ne pense pas qu'avec tous ces millions ils viennent y vivre eux-mêmes.

— N'avaient-ils pas une cuisinière nommée Rose Cludleigh?

Mais la jeune servante n'était pas au courant de cela. Elle s'éloigna en répondant à Frankie qu'elle ignorait entièrement qui avait été cuisinière au cottage.

Le plus clair, là-dedans, c'est que les Cayman ont abandonné le cottage, mais qu'ils en conservent la propriété pour les besoins de la bande.

Suivant la proposition de Bobby, la besogne fut partagée : Frankie, après quelques achats dans la localité pour rafraîchir un peu sa toilette, prit la Bentley, et Bobby partit en quête du jardinier, Albert Mere.

Ils se retrouvèrent à l'hôtel à l'heure du déjeuner.

— Eh bien? demanda Bobby.

Frankie hocha la tête.

— Nous devons rejeter l'idée d'un faux testament. J'ai passé un long moment avec Mr Elford, un aimable vieillard. Ayant entendu parler de notre aventure d'hier soir, il était impatient d'apprendre des détails. Au bout d'un instant, je lui ai parlé de l'affaire Savage. J'ai prétendu avoir rencontré des membres de la famille du défunt, qui croyaient à un faux. Aussitôt voilà mon vieux notaire qui monte sur ses grands chevaux. Il me démontre que la chose est impossible : lui-même a vu Mr Savage, qui voulait faire son testament sur-le-champ... Mr Elford lui a même demandé de rentrer à l'étude pour rédiger le document... vous savez qu'il leur faut écrire des pages et des pages pour ne rien dire...

— Je ne sais pas. Je n'ai pas encore rédigé de testament.

— Si, moi... deux fois. Le dernier date de ce matin. Il me fallait trouver un prétexte pour me présenter chez un homme de loi.

— A qui avez-vous légué votre argent?

— A vous.

— En voilà une imprudence! Si jamais Roger Bassington-ffrench parvient à vous envoyer *ad patres*, c'est moi qui serai pendu!

— Je n'avais pas envisagé ce cas-là. Comme je vous le disais, Mr Savage était si impatient que Mr Elford dut rédiger l'acte sur-le-champ, et on appela la cuisinière et le jardinier pour servir de témoins. Ensuite, Mr Elford emporta le testament et le mit en sûreté dans son coffre-fort.

— L'accusation de faux ne tient donc plus.

— Plus du tout. On ne peut accuser un homme de faux lorsqu'on l'a vu signer son nom. A présent, il va être bien difficile d'établir le meurtre. Le médecin appelé au chevet du millionnaire est mort depuis. Celui que nous avons vu hier n'habite ici que depuis deux mois.

— La liste des morts me paraît longue, remarqua Bobby.

— Y en a-t-il encore à ajouter?

— Albert Mere.

— Et vous soupçonnez qu'ils ont tous été supprimés?

— Ce serait beaucoup s'avancer. En ce qui concerne Albert Mere, laissons aux assassins le bénéfice du doute... C'était un vieux de soixante-douze ans.

— Alors, sa mort a pu être naturelle. Avez-vous eu plus de veine avec Rose Cludleigh ?

— Oui. Après avoir quitté les Templeton, elle a été placée dans le Nord de l'Angleterre, mais dès son retour, elle a épousé un homme du pays avec qui elle était fiancée depuis sept ans. Malheureusement, elle ne jouit pas de toutes ses facultés et semble avoir perdu la mémoire. Peut-être réussirez-vous à la faire parler.

— Je vais toujours essayer. Je m'entends comme personne à faire parler les idiots. A propos, que devient Badger ?

— Nom de nom ! Je l'avais complètement oublié.

Bobby se leva et quitta la salle en courant. Il revint quelques minutes plus tard.

— Il dormait encore. Il se lève à présent.

— Bon ! allons voir votre simple d'esprit.

Rose Cludleigh, à présent Mrs Pratt, habitait un petit cottage garni de meubles hétéroclites et de chiens en faïence ; Mrs Pratt elle-même était une énorme bonne femme à l'air bovin.

— Vous voyez, me voici de retour, annonça Bobby.

Mrs Pratt respira très fort et les regarda sans aucune expression.

— Il nous intéresse beaucoup de savoir que vous avez été au service de Mrs Templeton, expliqua Frankie.

— C'est exact, m'dame.

— Elle vit à l'étranger à présent, poursuivit Frankie, essayant de se faire passer pour une amie de la famille.

— On le dit.

— Vous êtes restée longtemps chez elle, n'est-ce pas ?

— Chez qui, m'dame ?

— Chez Mrs Templeton.

— Oh! non... seulement deux mois.

— Je croyais que vous y étiez restée plus longtemps ?

— Vous voulez parlez de Gladys, la femme de
chambre. Elle a passé six mois au cottage.

— Alors, vous étiez deux ?

— Oui. Elle était femme de chambre et moi cuisinière.

— Étiez-vous là quand mourut Mr Savage ?

— Vous dites, m'dame ?

— Étiez-vous à *Tudor Cottage* quand mourut
Mr Savage ?

— Mr Templeton n'est pas mort... du moins que
je sache. Il vit à l'étranger.

— Pas Mr Templeton... Mr Savage.

Mrs Pratt les regarda de son œil inexpressif.

— Le monsieur qui leur a laissé tout son argent,
expliqua Frankie.

Quelque chose comme un éclair d'intelligence
traversa la figure de Mrs Pratt.

— Ah! oui, m'dame... ce monsieur sur qui on a
fait une enquête après sa mort ?

— Celui-là même. Il venait souvent chez eux
n'est-ce pas ?

— Ça, je n'en sais rien. Je venais d'arriver. Gladys
le saurait.

— Mais vous avez servi de témoin pour le testament ?

Mrs Pratt parut ne pas saisir.

— Vous avez regardé Mr Savage signer un papier et
vous avez vous-même signé ensuite ?

Nouvelle lueur d'intelligence.

— Oui, m'dame. Moi et Albert. Jamais, je n'avais
fait pareille chose et cela me plaisait pas, mais Gladys

m'a répondu qu'il n'y avait aucun inconvénient, du moment que Mr Elfort se trouvait là. C'est le notaire, un homme très comme il faut.

— Dites-nous comment cela s'est passé

— Plaît-il, monsieur ?

— Qui vous a demandé de signer ?

— Notre maîtresse, monsieur. Elle vint dans la cuisine, me dit d'aller chercher Albert et de monter avec lui dans la plus jolie chambre (qu'elle avait quittée la veille pour la céder à ce monsieur). En effet, il était couché... il revenait de Londres et s'était mis au lit en arrivant... et il avait l'air bien malade. Je le voyais pour la première fois. Mr Elford était là, lui aussi. Il me dit de ne pas avoir peur et de signer mon nom au-dessous de celui de monsieur... même que j'ai ajouté « cuisinière » et l'adresse ; ensuite, Albert a fait comme moi. Je suis allée dire à Gladys que jamais je n'avais vu un homme si malade. Gladys m'a dit que la veille il avait l'air bien portant et que certainement il avait eu un accident à Londres, où il était parti de très bonne heure le matin avant que nous soyons levés.

— Et quand est mort Mr Savage... le monsieur... comme vous dites ?

— Le lendemain matin, m'dame. Cette nuit-là il s'enferma dans sa chambre et demanda que personne ne le dérange. Au matin, lorsque Gladys entra dans la chambre, il était raide mort, une lettre près de son lit : « A monsieur le Coroner. » Oh! Gladys a eu un fameux coup. Ensuite, il y a eu l'enquête et puis tout le reste. Deux mois après, Mrs Templeton m'a dit qu'elle allait partir pour l'étranger, mais qu'elle m'avait trouvé une bonne place dans le Nord de l'Angleterre, et avant son départ elle m'a offert un beau cadeau.

A présent lancée, Mrs Pratt prenait un plaisir visible à bavarder.

Frankie se leva.

— Je vous remercie de tous ces renseignements. Permettez-moi ...(Frankie lui glissa un billet dans la main.) Nous avons un peu abusé de votre temps.

— Merci, madame. Bonne chance à vous et à votre mari.

Frankie rougit et de hâta se sortir. Bobby, l'air préoccupé, la rejoignit un moment après.

— Je crois que vous avez tiré d'elle tout ce qu'elle savait.

— Oui. Et, ma foi, tout semble se tenir. Sans aucun doute, Savage à lui-même signé ce testament et sa peur du cancer devait être réelle. Un médecin de Harley Street ne se serait certes pas laissé suborner. Peut-être ont-ils profité de ce qu'il avait fait son testament pour se débarrasser rapidement de lui avant qu'il ne changeât d'idée. Mais comment le démontrer ?

— Nous pouvons supposer que Mrs Templeton lui a donné « quelque chose pour dormir », mais impossible d'en fournir la preuve. Bassington-ffrench a pu écrire cette lettre au Coroner. Encore une fois, comment établir ce témoignage ? Il y a belle lurette que cette lettre est détruite, après avoir été présentée à l'enquête.

— Et nous voici ramenés dans la même énigme : que diantre Bassington-ffrench et Cie s'obstinent-ils à nous cacher ?

— Rien ne vous frappe de façon particulière, Frankie ?

— Non... rien !... Tout de même, un détail me chiffonne. Pour quelle raison Mrs Templeton a-t-elle envoyé chercher le jardinier pour signer le testament, alors que la femme de chambre se trouvait dans la maison? Pourquoi pas la femme de chambre?

— Personne ne vous a soufflé cela, Frankie?

Bobby prononça cette phrase d'une voix si étrange que Frankie le considéra avec surprise.

— Pourquoi?

— Parce que je suis resté derrière vous pour demander à Mrs Pratt le nom de famille et l'adresse de Gladys.

— Eh bien?

— *La femme de chambre s'appelait Evans!*

CHAPITRE XXXII

EVANS

Frankie en demeura sidérée.

— Vous comprenez, à présent! s'exclama Bobby, agité. Vous avez posé la même question que Carstairs : *Pourquoi n'a-t-on pas appelé la femme de chambre? Pourquoi pas Evans!*

— Oh! Bobby, enfin, nous y voilà!

— La même anomalie a dû frapper l'esprit de Carstairs, alors qu'il cherchait quelque irrégularité dans le testament. Pour moi, il voyageait dans le pays de Galles pour cette raison. Gladys Evans est un nom gallois — Evans était probablement une Galloise. Il est venu la chercher à Marchbot, mais quelqu'un l'a suivi... et il n'est pas arrivé jusqu'à elle.

— Et pourquoi n'a-t-on pas appelé Evans? répéta Frankie. Il y a un motif... Un motif qui a son importance. Alors qu'il y avait deux servantes dans la maison, pourquoi aller chercher le jardinier?

— Voici : Cludleigh et Albert Mere étaient deux imbéciles, et Evans une femme intelligente.

— Il y a autre chose. Mr Elford était présent et

il est, je vous assure, trop avisé pour n'avoir rien flairé de louche. Bobby, voici le nœud de la situation qu'il s'agit pour nous de dénouer : pourquoi Cludleigh et Mere ont-ils servi de témoins et non pas Evans ? Tout le mystère gît là... Attendez !... Il me vient une idée...

Pendant quelques instants, elle demeura immobile, regardant droit devant elle sans paraître rien voir, puis elle fixa sur Bobby des yeux pleins d'une lueur étrange.

— Bobby, quand vous êtes invité dans une maison où il y a deux servantes, à laquelle donnez-vous des pourboires ?

— A la femme de chambre, cela va de soi, répondit Bobby, étonné. On ne donne rien à la cuisinière, pour la bonne raison qu'on ne la voit jamais.

— Et elle ne vous voit pas davantage. Tout au plus pourrait-elle vous apercevoir en passant si vous séjournez quelque temps chez vos amis. Tandis qu'une femme de chambre vous sert à table, vous monte votre petit déjeuner dans votre chambre.

— A quoi voulez-vous en venir, Frankie ?

— On n'a pas appelé Evans pour servir de témoin... parce que Evans eût constaté que le testateur n'était pas Mr Savage.

— Frankie !... Qui était-ce, alors ?

— Bassington-ffrench ! Il a pris la place de Savage. Je gagerais que ce même Bassington-ffrench est allé consulter le médecin et a inventé de toutes pièces cette histoire de cancer. Ensuite on a envoyé chercher le notaire... qui ne connaissait nullement Mr Savage, mais qui, en cas de besoin, pourra jurer avoir vu celui-ci signer ce testament, par-devant témoins... un des témoins se présentant pour la première fois en face du moribond... et l'autre, un vieillard à la vue affaiblie et qui, lui aussi, n'avait probablement jamais rencontré Savage. Vous comprenez?...

— Mais que faisait pendant ce temps là le vrai. Savage?

— Il est effectivement rentré de Londres, mais je suppose qu'on l'a drogué et fourré au grenier pendant douze heures, le temps nécessaire à Bassingtonffrench pour jouer son rôle d'imposteur. Ensuite on le remet au lit, on lui administre du chloroforme et Gladys Evans le trouve mort le lendemain matin.

— Frankie, je crois que vous avez touché juste. Mais comment le prouver?

— Je ne sais pas... à moins de montrer à Rose Cludleigh, c'est-à-dire à Mrs Pratt, une photo du véritable Savage. Serait-elle capable de dire : Ce n'est pas cet homme-là qui a signé le testament?

— J'en doute. Elle est tellement bête!

— C'est sûrement pour cette raison qu'on l'a choisie. Mais il y autre chose. Un expert pourrait nous apprendre si la signature a été imitée.

— Jusqu'ici on ne l'a pas démontré.

— Parce que personne n'a soulevé cette question. Jusqu'ici nul ne soupçonnait que le testament pût être un faux. A présent, c'est différent.

— Tout d'abord, dit Bobby, retrouvons Gladys Evans. Elle doit en savoir long là-dessus. Rappelez-vous qu'elle a été chez les Templeton pendant six mois.

— Où la chercher?

— Si nous demandions son adresse à la poste? suggéra Bobby.

A ce moment précis, ils passaient devant le bureau de poste du pays.

Frankie entra et entama la conversation.

Il n'y avait là que la receveuse, une jeune fille au long nez curieux

Frankie acheta un carnet de timbres, parla de la température, puis ajouta :

— J'aime à croire qu'il fait plus beau ici que chez nous. J'habite le pays de Galles... à Marchbolt. Vous ne sauriez croire ce qu'il peut y tomber d'eau.

La jeune personne au long nez répondit que dans le pays aussi la saison avait été pluvieuse, et que le dimanche précédent il était tombé un déluge toute la journée.

Frankie dit alors :

— A Marchbolt, nous avons eu l'occasion de rencontrer une personne originaire d'ici. Elle se nomme Evans... Gladys Evans. Peut-être la connaissez-vous ?

La receveuse répondit, sans méfiance :

— Bien sûr, que je la connais. Elle était placée à *Tudor Cottage*. Elle n'était pas de ce pays, mais elle venait du pays de Galles, où elle est retournée pour se marier. Maintenant, elle s'appelle Mrs Roberts.

— Savez-vous exactement où elle habite ? Je lui ai emprunté un imperméable et j'ai oublié de le lui rendre. Si je connaissais son adresse, je le lui renverrais par la poste.

— C'est très facile. De temps à autre, elle m'envoie une carte postale. Elle et son mari sont en service dans la même maison. Attendez une minute.

Elle fouilla parmi des papiers. Bientôt elle posa une feuille sur le comptoir.

— Voici.

Bobby et Frankie la lurent ensemble. Il° ne s'attendaient pas à cette nouvelle surprise :

« Mrs ROBERTS,
au presbytère de Marchbolt,
Pays de Galles. »

CHAPITRE XXXIII

AU CAFÉ DE L'ORIENT

Comment Frankie et Bobby sortirent du bureau de poste sans se trahir, ils eussent été bien embarrassés de le dire.

Une fois dehors, ils s'entre-regardèrent en éclatant de rire.

— Au presbytère! s'exclama Bobby.

— Et dire que j'ai lu l'adresse de quatre cent quatre-vingts Evans dans l'annuaire! gémit Frankie.

— Je comprends à présent pourquoi Bassington-ffrench s'amusait tant à la pensée que nous ignorions qui était Evans?

— Maintenant, retournons à Marchbolt.

— Avant, nous devons faire quelque chose pour ce pauvre Badger. Avez-vous de l'argent sur vous, Frankie?

La jeune fille ouvrit son sac et y prit une poignée de billets de banque.

— Donnez-lui ceci et dites-lui de régler ses créditeurs. Père achètera le garage et le nommera directeur. Et partons vite!

— Bon, approuva Bobby. Je vais voir Badger. Mettez la voiture en marche.

Cinq minutes plus tard, les deux amis quittaient à toute allure le village de Chipping Somerton.

Frankie décréta soudain :

— Nous n'allons pas assez vite, Bobby !

L'aiguille de l'indicateur de vitesse marquait cent vingt.

— Que vous faut-il de plus ?

— Nous pourrions prendre un avion. Nous ne sommes qu'à dix kilomètres de l'aérodrome de Medeshot. Cela nous permettrait d'arriver en moins de deux heures.

— Eh bien ! prenons un avion !

A Medeshot, Frankie demanda à voir Mr Donald King. Un jeune homme, d'une tenue négligée, s'avança. Il exprima sa surprise à la vue de Frankie.

— Bonjour, Frankie. Il y a un siècle que je ne vous ai rencontrée. Que désirez-vous ?

— Un taxi aérien. Il me semble que vous faites ce genre de transport ?

— Oui. Où voulez-vous aller ?

— Je veux rentrer chez moi au plus vite.

Mr Donald King releva les sourcils.

— Et c'est tout ?

— Oui, pour le moment.

— Nous allons vous donner satisfaction à l'instant.

— Je vous remettrai un chèque.

Cinq minutes plus tard, ils montaient dans les airs.

— Pourquoi ce voyage en aéroplane ? demanda Bobby.

— J'ai l'intuition que nous ne devons pas perdre une seconde. Et vous ?

— Fait curieux, j'éprouve également cette impression, mais je ne saurais dire pourquoi. Notre Mrs Roberts ne va pas s'envoler...

— Qui sait? Nous ne pouvons prévoir les intensions de Bassington-ffrench.

— C'est vrai.

L'aéroplane atterrit sur la pelouse du château et quelques minutes plus tard, Bobby et Frankie, dans la voiture de lord Marchington, arrivaient à Marchbolt.

Ils s'arrêtèrent devant la grille du presbytère, l'allée ne se prêtant point à la conduite des grandes automobiles de luxe. Bobby et Frankie sautèrent de voiture et coururent vers la maison.

Sur le seuil de la porte d'entrée se tenait une jeune femme élancée; Frankie et Bobby la reconnurent au même instant.

— Moira ! s'écria Frankie.

Moira s'avança, la démarche mal assurée.

— Oh! que je suis heureuse de vous voir! Je ne savais plus à quel saint me vouer.

— Mais pourquoi êtes-vous ici?

— Sans doute pour la même raison que vous!

— Vous avez découvert qui est Evans? demanda Bobby.

— Oui. Il serait trop long de vous le raconter...

— Entrons, proposa Bobby.

— Non, non, protesta vivement Moira. Allons ailleurs. Je dois auparavant vous apprendre certains faits... N'existe-t-il pas un café quelconque où nous puissions causer en paix?

— Je vais vous trouvez cela, dit Bobby, quittant la maison à contrecœur. Mais pourquoi pas ici?

Moira frappa du pied.

— Vous comprendrez lorsque vous m'aurez entendue! Oh! Venez, je vous en prie! Il n'y a pas une seconde à perdre.

Ils acquiescèrent à son désir. Vers le milieu de la

grand-rue se trouvait le Café de l'Orient... un nom pompeux auquel ne répondait nullement la décoration intérieure de l'établissement. Tous trois y pénétrèrent. Il était six heures et demie... moment creux de la journée.

Ils s'assirent à une petite table dans un coin et Bobby commanda trois cafés.

— Eh bien ?

— Attendez qu'on ait apporté les consommations.

La servante reparut et posa devant eux trois tasses de café.

— Nous vous écoutons, Moira, déclara sèchement Frankie.

— Je ne sais trop par où commencer. Je me rendais à Londres par le train, et, par la plus extraordinaire des coïncidences, alors que je me promenais dans le couloir...

Elle s'arrêta net. De sa place, elle voyait la porte. Elle se pencha en avant et ouvrit de grands yeux.

— Il m'a suivie, murmura-t-elle.

— Qui ? demandèrent ensemble les deux autres.

— Bassington-ffrench.

— Vous l'avez vu ?

— Il est là, dehors ! Je viens de l'apercevoir en compagnie d'une femme aux cheveux rouges.

— Mrs Cayman ! s'exclama Frankie.

D'un bond, les deux jeunes gens coururent vers la porte. Ils examinèrent la rue du haut en bas, sans apercevoir Bassington-ffrench.

Moira vint les rejoindre.

— Est-il parti ? demanda-t-elle d'une voix tremblante. Prenez garde. C'est un homme dangereux... très dangereux.

— Voyons, Moira, un peu de cran ! conseilla Frankie. Ne soyez pas si nerveuse.

— Pour le moment, inutile de le poursuivre, dit Bobby, en retournant vers la table. Allons, Moira, continuez votre histoire.

Il prit sa tasse de café. Frankie, au moment de se rasseoir, trébucha, faillit tomber, bouscula Bobby et renversa le café sur la table.

— Excusez-moi.

Elle étendit la main vers une table voisine où le couvert était déjà mis pour des dîneurs éventuels, et s'empara du carafon de vinaigre. Elle en vida le contenu dans un saladier, et se mit en devoir d'y verser le café de sa tasse.

L'étrangeté de cet acte ahurit Bobby.

— Vous perdez la tête, Frankie ?

— Je prélève un échantillon de ce café pour le faire analyser par George Arbuthnot.

Elle se tourna ensuite vers Moira.

— C'est fini, Moira ! L'idée m'est venue en un éclair tout à l'heure, à la porte. Lorsque j'ai bousculé Bobby et lui ai fait répandre son café, j'ai observé votre visage. Vous avez versé quelque chose dans nos tasses pendant que vous nous envoyiez à la porte sous prétexte de chercher un Roger Bassington-ffrench imaginaire. Je vois clair dans votre jeu, madame Nicholson, Templeton, ou tout ce qu'il vous plaira !

— Templeton ? s'écria Bobby.

— Oui. Regardez sa figure, Bobby.

« Si elle ose nier, priez-la de vous suivre au presbytère et vous verrez si Mrs Roberts ne la reconnaîtra pas.

Bobby observait en effet Moira, dont la douce expression était transformée par la colère. Sa jolie bouche s'ouvrit pour proférer un flot d'injures. Moira fouilla dans son sac.

Bobby, malgré sa stupéfaction, agit juste à temps

et sa main releva le revolver que tenait Moira Nicholson.

La balle passa au-dessus de la tête de Frankie et s'enfonça dans le mur du Café de l'Orient.

Pour la première fois dans l'histoire de l'auberge, une des servantes s'empressa.

Poussant des cris affreux, elle courut dans la rue et hurla :

— Au secours! A l'assassin! Vite! La police!

CHAPITRE XXXIV

UNE LETTRE DE L'AMÉRIQUE DU SUD

Plusieurs semaines passèrent.

Un matin, Frankie reçut une lettre portant le timbre d'une des petites républiques du sud de l'Amérique.

L'ayant lue, elle alla la montrer à Bobby, au presbytère.

Voici ce que disait cette lettre :

« Chère Frankie, permettez-moi de vous adresser mes félicitations les plus sincères. Vous et votre jeune ami, l'ex-marin, avez réduit à néant les ambitions de toute une vie. J'avais si bien préparé mes plans.

» Vous intéresserait-il de tout connaître en détail ? Une femme en a tellement raconté contre moi, sans doute par dépit, que tout ce que je pourrai ajouter ne me causera aucun tort. En outre, je recommence une nouvelle existence, Roger Bassington-ffrench est mort.

» J'avoue que toute ma vie j'ai été un mauvais sujet. Dès Oxford, j'ai commis un faux. Acte stupide de ma part, car il devait nécessairement être découvert. Mon père ne m'a pas renié, mais il m'a envoyé aux colonies.

» C'est là que je fis la connaissance de Moira et de

sa bande. Dès l'âge de quinze ans, cette femme était capable de tout! Quand je la rencontrai, elle projetait de venir en Europe, la police étant à ses trousses.

» Tous deux nous nous accordâmes et, avant de lier nos destinées, nous avons résolu de mettre un certain plan à exécution.

» Tout d'abord elle épousa Nicholson. Par ce mariage, elle entra dans une nouvelle sphère de la société et la police perdit sa trace. Nicholson était arrivé en Angleterre avec l'intention d'ouvrir une maison de santé destinée aux intoxiqués. Il cherchait une propriété pas trop chère. Moira lui fit acheter « La Grange ».

» Elle travaillait toujours avec sa bande dans le trafic des stupéfiants. Sans le savoir, Nicholson lui était fort utile.

» J'avais toujours caressé deux ambitions : devenir très riche et posséder le château de Merroway. Autrefois, sous le règne de Charles II, un Bassington-ffrench s'était distingué. Depuis, la famille était tombée dans une lamentable décadence. Je me sentais capable de jouer un grand rôle dans le monde. Pour cela, il me fallait beaucoup d'argent.

» Moira se rendit au Canada à plusieurs reprises pour « revoir sa famille ». Nicholson était en adoration devant elle et croyait tout ce qu'elle lui disait. Pour son trafic de drogue, elle voyageait sous de faux noms. Elle s'appelait Mrs Templeton le jour où elle rencontra Savage. Elle était au courant des affaires de celui-ci et connaissait son immense fortune ; elle l'enjôla, mais pas suffisamment pour qu'il en perdît la raison.

» Nous imaginâmes un plan dont les détails ne vous ont pas échappé. L'homme qui portait le nom de Cayman joua le rôle du mari. Moira invita Savage à venir à *Tudor Cottage*. La troisième fois qu'il s'y rendit, nous mîmes notre projet à exécution. Inutile de revenir là-dessus... Le coup fait, Moira toucha l'argent et, pour tout le monde, partit vivre à l'étranger... En réalité, elle réintégra Staverley et « La Grange ».

» Pendant ce temps, je m'occupais de mon côté. Je voulais d'abord me débarrasser d'Henry et de son petit garçon. La malchance me poursuivait. Deux accidents bien préparés pour supprimer le jeune Tommy échouèrent. Je ne me risquai point à simuler un accident en ce qui concernait Henry. Depuis une chute de cheval au cours d'une chasse, il souffrait de douleurs rhumatismales. Je lui conseillai la morphine et lui en procurai. Il ne soupçonna rien... C'était une âme simple. Bientôt il ne put se passer de la drogue. Notre but consistait à le faire entrer à « La Grange » pour se soigner. Moira se chargerait de maquiller un « suicide ». Ainsi, personnellement, je me tenais en dehors de l'affaire.

» Il a fallu que cet imbécile de Carstairs vînt tout gâter. Savage lui avait, paraît-il, écrit un mot du bateau ; il lui parlait de Mrs Templeton et lui envoyait même une photographie de la jeune femme. Peu après, Carstairs partit pour une grande expédition de chasse. A son retour d'Afrique, quand il apprit la mort de Savage et fut mis au courant de ses dernières volontés, il suspecta quelque chose, ne voulant jamais admettre chez son ami cette soudaine frayeur du cancer ; en plus, le libellé du testament ne répondait pas au caractère de Savage. Celui-ci était un homme d'affaires bien équilibré. S'il n'hésitait pas à flirter avec une jolie femme, il n'était pas homme à lui abandonner la majeure partie de sa fortune et le reste à des œuvres de bienfaisance. Je dois dire que cette dernière idée est de moi : cela vous a un air respectable, propre à écarter tout soupçon !

» Carstairs vint donc en Angleterre, résolu à éclaircir l'affaire. Dès le début, nous eûmes la guigne. Des amis l'ayant emmené déjeuner à Merroway, il remarqua sur le piano une photographie de Moira et reconnut aussitôt la femme de la photo à lui envoyée par Savage. Il se rendit à Chipping Somerton et commença son enquête.

» Moira et moi commençâmes à nous inquiéter... J'espérais pourtant que tout se tasserait, mais Carstairs était un type entêté et extrêmement habile.

» Je le suivis à Chipping Somerton. Il ne réussit pas à retrouver la cuisinière, Rose Cludleigh, placée dans le nord de l'Angleterre, mais il apprit que la femme de chambre, Evans, s'était mariée et vivait à Marchbolt.

» La situation pour moi devenait critique. Si Evans identifiait Mrs Templeton et Mrs Nicholson pour une seule et même personne, tout se compliquerait encore. De surcroît, elle était restée assez longtemps dans la maison et nous ignorions au juste ce dont elle avait été témoin.

» Je décidai de supprimer Carstairs ; cette fois, la chance me favorisa. Je marchais derrière lui lorsque le brouillard se leva de la mer. Je m'approchai et d'un coup violent le précipitai dans le vide.

» Mais un autre problème se posait : je voulais savoir si Carstairs ne portait pas sur lui des pièces compromettantes. Heureusement, votre jeune ami se prêta volontiers à mon jeu et me laissa seul avec le mort pendant un temps assez court... suffisant tout de même pour accomplir mon dessein. Carstairs avait une photo de Moira... faite par un professionnel. J'enlevai ce portrait, ainsi que tous les papiers pouvant permettre d'identifier le cadavre, et je glissai dans une des poches la photographie d'une femme de la bande.

» Tout allait à merveille. Les pseudo-sœur et beau-frère vinrent reconnaître le cadavre. Cette fois, c'est votre ami Bobby qui bouleversa tous nos plans. Il paraît que Carstairs, ayant recouvré connaissance avant de mourir, avait prononcé quelques paroles. Il avait cité le nom d'Evans... et Evans était en service au presbytère.

» Nous sentant coincés, nous perdîmes un peu la tête. Moira insista pour que le fils du pasteur fût mis hors d'état de nous nuire : nous l'enverrions au loin. Notre plan échoua. Alors Moira déclara qu'elle se chargerait de nous en débarrasser définitivement.

» Elle se rendit à Marchbolt en voiture et guetta le moment propice. Elle versa une forte dose de morphine dans sa bière pendant qu'il dormait. Mais cet idiot ne succomba point. Vraiment, la déveine nous poursuivait.

» Comme je vous le disais, c'est au cours de votre conversation avec Nicholson que je conçus quelques doutes à votre égard. Mais jugez de la stupeur de Moira le soir où, se glissant en cachette pour me retrouver, elle se trouva face à face avec Bobby! Elle le reconnut tout de suite... elle avait eu le temps de l'observer le jour où elle l'avait vu endormi. Rien d'étonnant si elle fut affolée... Mais elle comprit qu'il ne l'a soupçonnerait pas et, reprenant son courage, elle joua la comédie.

» Elle se rendit à l'auberge et lui fit croire ce qu'elle voulut, notamment qu'Alan Carstairs avait été amoureux d'elle et que son mari jaloux la terrorisait. Elle s'efforça également de m'innocenter. De mon côté, je la dépeignis comme une créature faible et sans défense... cette Moira capable de se débarrasser, sans la moindre hésitation, de quiconque la gênait!

» Le moment était grave. Nous avions l'argent. En

ce qui concernait Tommy, rien ne pressait. Le moment venu, il nous serait aisé de nous défaire de Nicholson. Mais vous-même et Bobby constituiez pour nous une sérieuse menace, car vos soupçons se tournaient vers « La Grange ».

» Peut-être vous intéressera-t-il d'apprendre qu'Henry ne s'est pas suicidé. Je l'ai tué! Lorsque je parlais avec vous dans le jardin, je compris alors que je n'avais pas une seconde à perdre... je rentrai et précipitai les choses.

» Un avion qui passait à ce moment-là m'offrit une chance inespérée. J'entrai dans le bureau, m'assit auprès d'Henry, qui écrivait, et lui dis : « Écoute, mon vieux... » et je tirai à bout portant. Le bruit de l'avion noya celui de la détonation. Ensuite, je rédigeai une lettre très affectueuse, essuyai mes empreintes digitales sur le revolver, pressai la main d'Henry sur la crosse de l'arme que je laissai tomber sur le parquet. Je glissai la clef du bureau dans la poche de mon frère et sortis en refermant la porte avec la clef de la porte de la salle à manger, qui fait fonctionner les deux serrures.

» Je ne m'attarderai point sur la petite mystification du pétard dans la cheminée, réglé pour éclater quatre minutes plus tard.

» Tout se passait selon mes vœux. Je me trouvais avec vous dans le jardin lorsque le « coup » partit. Un suicide indiscutable! Le pauvre Nicholson seul donna prise aux soupçons. Cet imbécile n'était-il pas revenu chercher une canne!

» L'empressement chevaleresque de Bobby commençant à gêner Moira, elle se réfugia au cottage. Nous prévoyions bien que les explications fournies par Nicholson sur l'absence de sa femme vous paraîtraient suspectes.

» Où Moira se montra tellement à la hauteur, ce fut au cottage. Devinant, d'après le bruit, qu'on me ligotait au grenier, elle s'injecta aussitôt une forte dose de morphine et s'étendit sur le lit. Tandis que vous téléphoniez en bas, elle monta et coupa mes liens. Ensuite, la drogue produisit son effet et, à l'arrivée du médecin, elle était bel et bien plongée dans le sommeil hypnotique.

» Mais lorsqu'elle revint à elle, le courage faillit lui manquer. Elle craignit que vous ne retrouviez Evans et finissiez par découvrir la vérité au sujet du faux suicide et du faux testament. De plus, elle redoutait que Carstairs n'eût écrit à Evans avant de se rendre à Marchbolt. Moira feignit donc d'aller à Londres dans une maison de santé, mais, en réalité, elle se hâta vers Marchbolt et vous rencontra sur le seuil de la porte.

» Ses façons d'agir étaient on ne peut plus simplistes, mais elle aurait fini par s'en tirer. La servante du café n'aurait pu fournir qu'un vague signalement de la femme entrée avec vous et Moira serait restée bien tranquille dans une maison de santé de Londres. Vous et Bobby n'étant plus là, l'affaire tombait d'elle-même.

» Mais vous l'avez démasquée... et elle a perdu la tête. Au cours de l'enquête, elle m'a impliqué dans l'affaire.

» Je commençais à me lasser d'elle, mais j'ignorais qu'elle s'en doutait...

» Pour le moment, elle avait l'argent... mon argent !

» Après notre mariage, j'aurais pu me débarrasser d'elle.

» Ainsi, me voilà prêt à recommencer un autre genre d'existence... grâce à vous et à ce jeune idiot de Bobby Jones...

» Réussirai-je? Je l'espère... En tout cas, sachez que je suis prêt à recommencer jusqu'à ce que le triomphe couronne mes efforts.

» Adieu, chère Frankie, ou peut-être au revoir. Qui sait?

» Votre ennemi affectueux, le traître, l'infâme.

« Roger BASSINGTON-FFRENCH. »

CHAPITRE XXXV

NOUVELLES DU PRESBYTÈRE

Bobby rendit la lettre à Frankie qui soupira.

— C'est un homme remarquable, dit-elle.

— Il avait le don de vous plaire, répondit Bobby d'un ton glacial.

— Il dégageait un certain charme... et Moira aussi. Bobby rougit.

— Le plus drôle, c'est que, pendant tout ce temps, Evans se trouvait au presbytère... Savez-vous que Carstairs avait écrit à Evans, c'est-à-dire à Mrs Roberts ?

— Oui. Il lui annonçait sa visite et lui demandait des renseignements sur Mrs Templeton qu'il croyait, à juste raison, faire partie d'une bande internationale d'escrocs, et recherchée par la police. Elle ne s'est doutée de rien parce que l'homme précipité du haut de la falaise fut identifié sous le nom de Pritchard. Cette fausse identité du défunt était un trait de génie. Un nommé Pritchard est victime d'un accident, comment songer à Carstairs ? Voilà le raisonnement d'un esprit simple.

— Evans a tout de même reconnu Cayman, dit

Bobby. L'ayant aperçu lors de sa visite, elle voulut se renseigner auprès de son mari. Celui-ci prononça le nom de Mr Cayman.: « C'est drôle, dit-elle, comme il ressemble à un monsieur chez qui j'ai servi. »

— Ça c'est le comble. Bassington lui-même s'est livré une ou deux fois, et comme une imbécile, je ne l'ai pas pris sur le fait !

— Comment cela ?

— Oui, lorsque Sylvia lui a fait remarquer que le portrait publié dans les journaux lui rappelait exactement les traits de Carstairs, ne lui a-t-il pas assuré qu'il n'existait guère de ressemblance... donc il avait vu le mort. Ensuite ne m'a-t-il pas affirmé le contraire ?

— Frankie, comment avez-vous repéré Moira ?

— Grâce au signalement que l'on donnait de Mrs Templeton. Chacun disait : « Elle était si jolie... si séduisante... » Avouez que ces qualifications ne conviennent point à la femme Cayman. Puis nous arrivons au presbytère et Moira s'y trouvait déjà. Soudain l'idée me vint : si Moira était Mrs Templeton ?

— Toutes mes félicitations, Frankie !

— La malheureuse Sylvia a été en butte à une fâcheuse publicité avec cette affreuse histoire, mais le docteur Nicholson lui est demeuré fidèle et je ne serais pas surprise si cela se terminait par un mariage.

— Tout est bien qui finit bien, dit Bobby. Grâce à votre père, le garage de Badger reprend et moi j'ai un bel avenir aux colonies... Pensez donc : directeur d'une vaste plantation de café en Afrique Orientale ? J'ai toujours rêvé d'une situation de ce genre.

Il fit une pause et ajouta :

— Les touristes ne manquent pas de visiter le Kenya.

— Il paraît que beaucoup de personnes s'y établissent à demeure, ajouta Frankie d'un ton ingénu.

Bobby devint rouge, hésita et demanda :

— Frankie, c'est vrai ?... ce voyage ne vous ferait pas peur ?

— Pas le moins du monde. Je suis résolue à ne pas vous laisser partir seul.

— Je n'ai jamais cessé de vous aimer, Frankie, mais j'ai souffert en silence, croyant que c'était un rêve impossible !

— C'est pour cela que vous avez été si désagréable un jour, en jouant au golf ?

— J'étais désespéré.

— Hum ! Et votre petit flirt avec Moira ?

Bobby parut embarrassé.

— Son visage m'avait intéressé...

— Elle est certainement plus jolie que moi.

— Ce n'est pas cela... Son visage me « hantait » en quelque sorte. Mais lorsque nous nous trouvâmes enfermés dans ce grenier et que je vis votre courage... Moira s'effaça complètement de mon esprit. Je ne songeai qu'à vous. Vous avez été splendide !

— Je vous avoue que je ne me sentais guère rassurée... mais je voulais forcer votre admiration.

— Et je vous admirais, chérie. Je vous admire et ne cesserai de vous admirer. Êtes-vous bien certaine de ne pas vous ennuyer au Kenya ?

— Je suis sûre de m'y plaire avec vous, Bobby. C'est ici que je me morfondrais sans vous.

— Frankie !

— Bobby !

— Mesdames, prenez la peine d'entrer, disait le pasteur en ouvrant la porte pour livrer passage aux dames patronnesses de la paroisse.

Il referma la porte rapidement et murmura :

— Non... un de mes fils. Il est ... fiancé.

Une de ces dames remarqua d'un air malicieux que cela en avait tout l'air.

— Un excellent garçon, continua le pasteur. Et très sérieux... Il va diriger une plantation de café au Kenya, dans l'Afrique Orientale.

Une de ces dames chuchota à sa voisine :

— Avez-vous vu ? N'était-ce pas Lady Frances Derwent qu'il était en train d'embrasser ?

Une heure après, la nouvelle des fiançailles de Bobby et Frankie était connue de tout Marchbolt.

FIN

IMPRIMÉ EN FRANCE PAR BRODARD ET TAUPIN
6, place d'Alleray · Paris.
Usine de La Flèche, le 5-11-1973.
6488-5 · Dépôt légal, 4e trimestre 1973.